赐我理由
再披甲上阵

倪一宁 著

人民文学出版社

图书在版编目（CIP）数据

赐我理由再披甲上阵/倪一宁著．—北京：人民文学出版社，2015
ISBN 978－7－02－011059－9

Ⅰ．①赐… Ⅱ．①倪… Ⅲ．①杂文集—中国—当代②随笔—作品集—中国—当代 Ⅳ．①I267.1

中国版本图书馆CIP数据核字（2015）第284705号

责任编辑　徐子茴
责任印制　苏文强

出版发行　人民文学出版社
社　　址　北京市朝内大街166号
邮政编码　100705
网　　址　http://www.rw-cn.com

印　　刷　北京智慧源印刷有限公司
经　　销　全国新华书店等

字　　数　148千字
开　　本　880毫米×1230毫米　1/32
印　　张　8.75　插页1
版　　次　2016年4月北京第1版
印　　次　2016年4月第2次印刷

书　　号　978-7-02-011059-9
定　　价　36.00元

如有印装质量问题，请与本社图书销售中心调换。电话：01065233595

赐我理由再披甲上阵

倪一宁 著

人民文学出版社

图书在版编目（CIP）数据

赐我理由再披甲上阵/倪一宁著.—北京：人民文学出版社，2015
ISBN 978-7-02-011059-9

Ⅰ.①赐… Ⅱ.①倪… Ⅲ.①杂文集—中国—当代②随笔—作品集—中国—当代 Ⅳ.①I267.1

中国版本图书馆CIP数据核字（2015）第284705号

责任编辑	徐子茼
责任印制	苏文强

出版发行	人民文学出版社
社　　址	北京市朝内大街166号
邮政编码	100705
网　　址	http://www.rw-cn.com
印　　刷	北京智慧源印刷有限公司
经　　销	全国新华书店等

字　　数	148千字
开　　本	880毫米×1230毫米　1/32
印　　张	8.75　插页1
版　　次	2016年4月北京第1版
印　　次	2016年4月第2次印刷
书　　号	978-7-02-011059-9
定　　价	36.00元

如有印装质量问题，请与本社图书销售中心调换。电话：01065233595

序 / 我为什么而写作　001

第一章 / 世界刚虚晃一枪，你别掉头就跑

我们都还没有见过海，就知道该在海滩上用手指写下姓名圈个爱心；还没有见过山，就知道要在登顶时高高跳起抓拍矫健身影；还没有尝试初恋，就知道它必定夭折只留下日记里语焉不详的怀念；还没有坚持初心，就知道现实嶙峋得一塌糊涂理想主义者必定粉身碎骨。

003　被提前的和被推延的

009　可惜我是蜗小姐

015　给毕业生们

020　我不是个怪小孩

024　素食者凶猛

029　没有朋友的朋友圈

035　当我跑步的时候我什么也没想

040　我只告诉你

真正的感情，从来不是靠点赞维持的，就像存在感，也不是靠刷屏累积的。只是我们和世界的关系太过稀薄，才想攥一把叫好声在手里，假装永远身处闹市，永远有人醉笑陪君三万场。

第二章 / 和生活的阴影面来一次对谈

047　用餐请安静

053　走在拖拉机上的骆驼

060　当熊出没时

067　天将愁味酿多情

073　也只能打嗝

078　别替悟空找妈

084　不吃肉的小孩

094　那些年，我是陪你失恋的女孩

099　门

第三章 / 清醒地看着世事旋转

一旦长大了点,世界就会要求你严格遵照台本,上台下台谢幕走位,都要你讲究分寸,你这一刻放任自己不肯下台,下一刻可能就让你下不来台了。

111　你往独处去

116　女神是如何砌成的

122　恕我想做女二号

127　共你同途偶遇在这生死场上

134　活出来的黄金时代

139　生怕尘多累美人

146　姑娘不漂亮

163　热情如无变,哪管它沧桑变化

169　我想你是岛

很多的电影小说告诉我们，成长就是背叛往日的自己，曾经热血的会安于现状，曾经天真的会虚与委蛇，可我觉得不是，成长是十五岁的我热衷于刺破别人的自尊，而二十岁的我尝试去同情和体谅。

第四章 /

愿你的内心同时拥有雀跃与安宁

183　可惜你的路途，看不到我衰老

203　摆脱季节的支配

210　他们统统都猜错

216　原来你也陪我去

221　谢天谢地　我是阿姨

227　浸在人间的台北

234　另一侧山川湖海

240　亲爱的阻力

247　拆掉秒表的人

253　你好，那谁

序：我为什么而写作

敲下这个标题的时候，我恍惚觉得自己身处东亚文学论坛现场，莫言盛情邀请我上台作个报告。

但短暂的羞赧过后，我仍觉得这题目是合适的，哪怕身后没有一堆记者举着话筒追问，哪怕面前没有读者热烈举手提问，哪怕我只是一个人蜷在椅子上，噼里啪啦地打字，偶尔停一会儿，就像之前很多次那样。

也时常会被问起，小姑娘怎么喜欢写东西呀？我通常都含糊地笑笑，说平时太闲了。一则写作这事总给人以不好的预感，从仓颉造字那天风雨大作起，文字就伴随着灾难和凄苦而生。我小时候一想到作家，脑子里就浮现出光秃秃的墙壁和乱糟糟的书桌，穷困潦倒的酒和愁云惨淡的烟。另一方面，一个二十岁的女生，对着电脑敲敲打打，总显得特别"失意"。敏感有时就是难搞的同义词，而拨开真相需要的犀利和刻薄又是那么容易混淆，大家还是更愿意接纳一个讲话自带波浪号的女生，而不是一沓充斥了观察和意见的稿纸。

其实人生理想还是做一个发"今天长这样"配自拍都能转发量过千的肤浅女子啦，可惜我妈生我的时候不太走心，于是我只好走了另一条路。

几天前二十周岁生日，睡前我想替这二十年做个小结，突然发现，直至今天，完全出于我自己意愿，少有外力干涉而坚持至今的，只有两件事，其中一桩就是写作，另一桩是减肥。

从小到大，我一直是好学生，就是在青春电影里，草草几帧剪辑就能概括的那种，镜头扫过我翻书的侧影，然后定在了主角挺拔的鼻梁上。但就是这么平淡无奇的成长，我也和所有人一样，要靠二十年来完成。我学过奥数，有男生一边转笔一边心算时钟十二点时敲几下，我老老实实地对着答案倒推步骤，虽然最后拿了16分吧，可每次课我都风雨无阻，草稿满满，也算对我爸妈有了交代。我学过钢琴，学会了把闹钟拨快把小说放在琴架上单手翻页，也学会了怎么用喝水上厕所这个无限循环打发时间，但也拖拖拉拉学了十年，考出十级，爸妈的钱不算打水漂。我是个特别爱面子的人，容易被眼泪和温情击中，一旦谁对我有过期望，我就会尽力满足他的期待——用陆琪的话说，就是为别人而活。

我不怎么喜欢读书，但我喜欢爸爸在家长会上被别人的爸妈羡慕，喜欢妈妈跟一堆中年妇女聊天时抬得起头来，所以就尽量读得好；我也不怎么喜欢学术，但当导师郑重其事地夸我有天分时，我就自觉有了研究许广平到底讨不讨厌萧红的责任。虽然鸡汤大厨们反复告诫，要抛开他人目光的束缚，挣脱虚荣心的捆绑，为自己而活。

但说真的，活在别人的眼光里也挺好的，跟着指示牌，哪怕走的不是最便捷最有趣的道路，也不会错到哪里去。

有次跟人闲聊，说其实想读的是考古和历史，钻在瓶瓶罐罐线装古书里不出来，对方是个热血女青年，抓着我的手说那你为什么不退学，离开这个敷衍的专业,去追求你的梦想?我愣了一下,反问她:"你知道我跑进这个敷衍的专业费了多大劲吗?"

是挺没劲的,我就像一个刚从老虎机里赢了两千的新手,把钱攥在手里,不敢蹚进一场新的赌注。握有很多资源的人可以随便挥霍,哪怕下错了高架口,都可以通过封锁路段来掉头;一无所有的人特别无畏,他们赤着脚随便变道,红绿灯也只是摆设;只有我们这种,攒着钱买了辆大众的人,才战战兢兢,如履薄冰,离栏杆近一点都怕刮花了车。

所以我还是跟着大部队,步伐整齐口号嘹亮地,走在据说指向平坦前程的道路上,而写作,就是时不时开一趟小差,哪怕没勇气彻底变道,也试着把一只脚,颤颤巍巍地踩在不远处蓬松柔软的土地上。

我没法过一百种人生,但幸运的是,我可以观察。

上大学后第一次回家,是搭舅舅的车回去。舅妈坐在前面剥橙子分我们鸭脖,大一点的妹妹梗着脖子跟他们冷战,小一点的坐在我膝盖上,兴高采烈地跟我演示iPad排行榜第一的游戏。不知怎么的,我提到了八九年著名的学潮,舅舅接腔说:"那时候我也去啦,我们武汉的抢了一辆火车,直接就进北京了。住在广场上的帐篷里，密密麻麻的都是人。"我有点蒙了，他一边按喇叭一边继续，"其实我也没跟着抗议，就竖了块牌子——武汉大学支持你们，就跑去爬长城了。"

舅妈在旁边掐他胳膊："是不是你们那个系花跟你一起爬的？"

我想起来了，我见过那张照片，当时还清瘦的舅舅戴着巨大的黑框眼镜，站在"不到长城非好汉"的招牌下，旁边是穿着长裙长发披肩的系花。他搂着她，一脸志得意满，和广场上那些人一样踌躇满志，他们都觉得，那些设想里的场景，都会一桩桩实现。

二十多年后，他成了要刻意控制肚子的中年人，旁边是年轻的小妻子，身后的女儿们埋头于微信和ipad，她们对那场惊心动魄的往事一无所知，而他也只是随口带过，连细节都过滤。有那么一瞬间，我觉得宽大的车厢变得拥挤，二十年前那个假装热衷国事兴致勃勃泡妞的愤青，和这个关心证券指数楼盘广告的中产阶层代言人狭路相逢，他们两两相望，他们不曾相忘，他是他深埋地底的火山口，他是他喷薄过后的岩浆岩。

我总是迷恋这样的时刻。人的一生像是一条澎湃的大河，来路不明，高深莫测，只有偶尔涨潮时分，在沙滩上留下一两枚贝壳，暗示曾经在哪一处绵延过。我总是被那些小小的贝壳打动，被这样蜿蜒的线索打动。"山有小口，仿佛若有光"，那一点微光，总让我想要凑近，窥探里面的庞大而幽深的全貌。

这学期我选了门课，名义上是讲孔孟，老师却是吴思刘瑜们的忠实信徒。坦白讲，我不太喜欢他，人到中年，仍然活成一只愤怒的小鸟，心态固然年轻，姿态却已不甚体面。印象中最深的画面，他穿着夹克衫，领口处沾了灰，头发乱蓬蓬的，站在讲台上激烈地抨击三峡工程，底下学生一片平静，手指按键的动作丝毫没有停顿，我旁边的女生小声嘟囔："他好像油漆工哦。"

果然被学生举报了，那天早上，系主任亲自过来听课，就坐我斜前方。

系主任和他年纪相仿，墨绿色的套装还很挺括，起身时小心翼翼地用手拢了拢裙子边。指甲弧度圆润，手上皮肤微微松弛，却也还细腻，显然不会找不到黑板刷就拿手背擦。她侧过身来问我，平时这老师也说这些吗？我"嗯"了一声，然后看着她脸上浅浅晕开的淡紫色眼影，补充了一句："也讲教材上的内容。"

讲台上的老师显然有些发慌，心知是学生举报了他，却也不愿意认怂，他话讲得越发狠，评论得越发肆无忌惮，甚至用食指猛烈地敲击桌子："我现在说的这些，不过都是常识。"

我看着他一簇簇立起来的头发，和前面女老师手腕上的宝格丽，觉得这一刻荒谬又现实。他们是大学同学，一个进了中文系，一个读了哲学系，二十余年后，他们一个在讲台上努力维持声势，一个坐在下面不动声色地生杀予夺。

我没有权利或能力去评判这两种人生轨迹，就像我端坐在车里，看两个舅舅短兵相接又握手言和，却始终说不出更喜欢哪个。我能做的，是用眼睛记录这一瞬，我相信这些记录会像 pop star 游戏里那样，层层相叠，忽地消除，然后就能蹦出全新的世界来。

这可能就是我写作的原因。有时世界像田径跑道，有人致力于奔跑，有人就想晃荡到终点，我是那个拿着相机的人。我迷恋曲径通幽的人性，和它偶尔泄露出来的那点秘密。我迷恋人们遮遮掩掩的小心思，也迷恋那些冠冕堂皇的漂亮话。我迷恋失败者念念不忘的"假如"，也迷恋成功人士唠唠叨叨的"人生哲学"，我迷恋祖母们在豆油灯下有条有理地诉说平生一幢幢伤心事奋斗史，也迷恋孩子们为了争夺长辈的宠爱大哭大闹假装懂事地分玩具；我迷恋男人们在酒吧里一杯杯倒鸡尾酒陈述深情的同时收好女郎递来的写有联系方式的纸巾，也迷恋女人们对着前男友的老情书哭得一塌糊涂然后补好妆去赴新的约会。我迷恋那些人性中的不光彩和不服输，那些表演欲和控制欲，那些拆台和成全、伟大和委屈。

　　初中时因为成绩太好而错过了我们那片的混混头子，高中的早恋对象都品学兼优得像是相亲市场抢手货，眼看大学过了一半，还是踢踢踏踏地跟着大家一同前行，哪怕偶尔心不在焉，边赶路边打哈欠。我猜你也一样，是裹在洪流里的那颗沙砾，只能跟另一颗沙砾擦身而过。我们的青春不够放肆，没法像美剧主角一样把周围人睡一遍,后座女生只会拿圆珠笔戳你却不会替你讲解习题,甚至连那点残酷都和社会的残酷别无二致——弱肉强食,阶层清晰。但我想,记录本身,就意味着质疑和反抗,就意味着从心灵鸡汤的勺子里跳出来,从描绘的甜腻未来中跳出来,跳到这个五毒俱全却又清澈见底的世界里。

我们就继续深一脚浅一脚地赶路,只是有时啊,我说有时,我低头分辨泥潭里的足印,从陷下去的码数里,我照见了你的脸。

第一章／

世界刚虚晃一枪,

你别掉头就跑

被提前的和被推延的

我最近时常有一种感觉,我在把 15 岁、25 岁、35 岁混着过。

15 岁的那个我,惊异于中国史助教英俊得古今咸宜的脸,一冲动就拿了期中考满分;25 岁的那个我,整日对着橱窗算计着巴黎世家的新包,盘算再写多少字就能拥它入怀;35 岁的我,跟我妈聊谁家女儿出国勾搭上了南汇首富,埋怨她当初心疼每年 50 万,现在损失了 500 平。

但事实是,今年我刚满二十岁。

那次买票进影院看《致青春》,跟屏幕上的剧情相比,观众席上的反应更戏剧性。旁座跟我年纪相仿的女生,不断输入短信又逐字逐句删除,哭得肝肠寸断。陈孝正在开水房里咆哮着说分手的时候,很多女孩子悄悄戳了戳男友的手臂,低声说,你看，现实多残酷。

对着一圈平均年龄不超过25岁却代入感强烈的观众，我很想拉住他们问一问：明明过的是牵手上自习的日子，怎么就能感同身受抉择前途和爱情的严苛命运？

可转头一想，我自己不也是吗，排除了确定毕业要出国的，因为知道异国恋肯定分；排除了偏远农村的，因为讲究成长环境相似；排除了父母离异的，因为相信家庭环境对人的潜移默化影响；甚至排除了打飞的看NBA球赛的富二代，因为我妈反复强调"门当户对"。

——这些排除选项，所谓的"雷区"，我一个都没踏入过，对我而言，它们都只是教条而非教训。但我仍然恪守了，不只恪守，我还用阅读来装点门面，把那些枯燥的"老人言"修饰得有理有据声情并茂。

我把40岁的慨叹强行移植到自己脑袋里，还靠那点文学素养把它修剪得枝繁叶茂，旁人看了都一阵恍惚，以为背靠这棵从未扎根的大树真的能乘凉。

当然，这事也不能怪我，放眼望去，20岁的男生们在机场励志书架前翻阅李开复曾国藩，女孩子们被妈妈耳提面命"相处久了都一回事，还是房子靠得住"。我有靠倒卖小米手机赚得第一桶金的朋友，有第一次约会就套出对方住址的朋友，有深谙出国申请潜规则的朋友，有讨来GUCCI空纸袋摆拍的朋友，他们活得很好，在成功人士的道路上一往无前春风得意马蹄疾，只是我有时跟他们聊天，脑袋里会蒸腾起一个念头——20岁的他们，怎么跟饭局上剔着牙说中南海秘闻的叔叔伯伯、麻将桌上攀比镯子材质的阿姨婶婶差不多。

这样也就不难理解，为什么《同桌的你》这类瞄准80年代大学生的怀旧情结的电影，会同样精准地射中90后的心脏——我们也有过碰到对方手指都红着脸躲避的年代嘛，只是被提前到了初中；我们也有过机场依依惜别的桥段啊，只是那年才读高二；等到了大学，我们已经学会了跟市场经济互联网时代巧妙周旋——搞创业的知道要噱头，搞学术的全靠导师，女人嘛，干得好不如嫁得好，文凭只是敲门砖。也是，发福的高晓松都娶了又离了90后美女了，你凭什么不从白衣飘飘的虚妄时代抽身？

杨绛说，问题在于读书太少想得太多，要我说，我们书读得不少，吸纳的也挺多，只是聪明到不敢试错。干脆承认吧，我们这一代，其实都是默认了"预设方案"的人。

——我们都还没有见过海，就知道该在海滩上用手指写下姓名圈个爱心；还没有见过山，就知道要在登顶时高高跳起抓拍矫健身影；还没有尝试初恋，就知道它必定夭折只留下日记里语焉不详的怀念；还没有坚持初心，就知道现实嶙峋得一塌糊涂，理想主义者必定粉身碎骨。

我们都太迷信别人的经验，靠阅读和辗转听说，透支了对未来的期待和新鲜感，以后哪怕去了海边登上高山吻了初恋拥抱了理想，也只是一场按图索骥。你拿着旅游攻略摸索到了那条小巷子，点点头说和别人的描述差异不大，然后比起 V 字合影留念，好了，到过了，接下来就该返回故地继续寻常人生。

你其实从来都只是身临其境，没有试过从安全区越境。

但另一面，不断被提前人生步骤的我们，又特别擅长往后推延。

几乎我所有的朋友，都爱设想"以后有了钱"的场景。高蹈一点的，说要捐款做慈善，清新一点的，说要环游世界，家国情怀的说要扶助西部贫困县，精英主义的要送孩子出国接受最好教育。对他们而言，人生是分成两截的——前半段为生计打拼为爱马仕毛毯卖命每天坐地铁去陆家嘴上班，后半段爱咋咋地高兴了也能顺手支持一把高喊口号的年轻人，至于具体要多少钱才能切换人生主旋律，他们不确定——"反正是很多很多，多到能够提供安全感，能够任性地支配人生"。

可是，既然对人生不是别无他想，为什么不能以 20 岁为起点，非要以40岁、50岁甚至80岁为端点才开始践行自我呢？

他们用那种垂怜的眼神看着我，循循善诱："你知道gap year一年，对将来找工作影响多大吗？你知道去西部支教，等于耽搁了多少前程吗？你知道两个外省人在一线城市供房贷有多艰难吗？你知道跟艺术搭边的工作有多难出头吗？不是谁都能试错的，犯错需要资本，只有父辈提供了充裕的原始积累的人，才能在撞墙后迅速回头，我们普通人都是踩钢丝，一失足就是落进山谷，永不翻身。"

很长一段时间里，我也相信这是真理，就像相信40岁前拿健康换财富，40岁后用财富换健康是成功的铁律。但，看多了40岁后积重难返的身体状况，我就开始困惑——40岁怎么就能成为一个转折点，硬生生把人生拗到新的方向呢？就像一个成天大嚼汉堡拿可乐当水喝的人，怎么能突然习惯吃素一样，一个从来都在为更高的经济效益奋斗的人，怎么就能突然拥有社会责任感呢？要是前半生都在不择手段地原始积累，要怎么在40岁时捡回初心重新划定道德底线呢？

再则，非要拥有足够财富，再来谈奉献谈梦想谈实现自我价值的话，这个"足够"是要多够呢？要知道，安全感这玩意，比爱情还不可捉摸，高更流落荒岛双眼失明都觉得自己坐拥一切美妙，金正恩身为80后权势排行榜第一名仍然在忧虑朝鲜人民所剩不多的好奇基因。就算这个"足够"可以有确切衡量的指标，发财的也就那么几个人，那剩下的，全都任由灵魂逐渐干涸寸草不生吗？

虽然唯物主义教导我们，物质基础决定上层建筑，但仔细想来，一个人的社会责任感，真的必须以经济发展为条件吗？一个毕业生选择职业时不热衷于跟大潮，一个美女考量伴侣时不纠结房子多少平，一个官员做决策前想一想底层，需要拖累多少 GDP 呢？每次看到有人用资源很匮乏经济不发达来为年轻人的利己主义开脱，我都会想，房价和梦想之间、名表和责任之间、钻戒和真爱之间，到底有什么关系呢？到底有什么关系呢？到底有他妈的什么关系呢？

所以，在近年的国产烂片热潮里，我最痛恨那类"校园里你侬我侬，一毕业就你死我活"的戏码，就像 40 岁不会成为人生主旋律的分水岭一样，一扇校门从不能阻隔纯真和市侩，踏入社会后随波逐流的人，本来也就是在考试前缠着老师套题的人。他们怀念所谓的干净的初恋，也就像《雷雨》里的周朴园怀念鲁侍萍一样，只是为了证明胸腔里还有心脏跳动，血管里尚存一点温热，赶她出门时，下手可是干脆利落。

退一万步，就算现实真的步步紧逼，情怀节节败退，你也先勉强交手几个回合吧。这世界才刚虚晃一枪呢，你别掉头就跑。

可惜我是蜗小姐

一

我小学班里的一个男生,成绩不好不坏,上课喜欢使劲搓橡皮,把搓下来的橡皮条分给我们,说是小浣熊软软面。夏天把喝完的可乐瓶放在窗台上,甜腻的味道吸引了一帮苍蝇,他趁苍蝇飞进瓶子的时候,利落地拧上盖子,去吓前排女生。

他不来吓我,我当时头发比他还短,还是班干部,属于他得罪不起的阶级。

忘了是春季还是秋天的下午,班主任格外和蔼地把他领上讲台,他的爸爸因为工伤去世了,班主任摸摸他的头说,你要争气,有什么困难,我们会帮助你的。

我看着站在讲台上的他,脑子里快闪过一堆小说里的情节——一只失去了父亲的雏鹰,携带着伤痛和梦想,奋力拼搏,然后翱翔在广袤的天空。

但什么也没有。他没有沦落,却也没有奋起,除了傍晚理书包的时候沉默些之外,他跟从前也没什么区别,还是分发软软面,还是收集苍蝇瓶子。老师的批评声里,除了恨铁不成钢之外,更多了一层指责——你已经没有爸爸了,你的妈妈为你付出了这么多,你怎么还是不用功,你不用功行吗?

当时特别主旋律的我,冷冷地看着他搓橡皮,脑海里回荡着老师们的那些话。他兴高采烈地把橡皮条递给我的时候,我转过身去,没有接。

二

我初中的时候,和同班一个女生特别不和。但她明显比我讨喜多了,因为跟我比起来,她实在是太太太稳重了。

我那时候就是个话痨,无论什么课,只要有人愿意搭理我,就可以滔滔不绝。好巧不巧,她坐在我后面,两相对照,她四平八稳得可以列入人大常委会候选人名单。

有次上课讲前一晚做的习题,她告诉老师,自己忘了带,老师忙着赶进度,挥挥手说那跟同桌拼一下吧。下课时我瞥了一眼，那本习题册就压在最下方，显然是没有做的。

我带着兴奋跟旁边的同学交流这个发现，对方的反应让我难过万分：她怎么会没做呢，她肯定是带过来了可是没找到。

你们知道群众基础是什么东西吗？知道口碑是什么东西吗？我十三岁的时候，就切肤体会到了。

那天我痛定思痛，决定改变话痨的毛病，做一个靠谱的女同学。一天、两天、三天，三天后，我还是光荣地出现在不守纪律的榜单上。

回家的路上，我认认真真地做自我检讨，口碑来自于长期的优秀表现，而我的决心，比鸡蛋的保鲜期还短。

如果要那时候的我给自己做一个鉴定，上面必然有八个字——缺乏毅力，意志不强。

没错，当时的我，将它通通归咎于毅力。

三

中学时代写作文，要形容一件事情对自己的影响之深，总爱用"我突然觉得自己长大了"的句式。可是时至今日，我实在想不起来哪一件事，让我觉得自己长大了。

人生不是电影，可以用短短的一行"十年后"就跳过，它也不是好莱坞大片，一旦英雄觉醒，就可以开疆拓土，拯救世界。

它更像是一场长途的跋涉，壮志雄心或许曾经促使你起程，却无法帮助你对抗旅途中的沉闷和单调。所以我们常常倒退，常常按下暂停键，我们在减肥的夜里吃膨化食品，在删了号码后再发简讯，为说走就走的旅行整理过行李，却最终还是生活在了此处。

可是那不丢脸，我们不能大刀阔斧地改变些什么，我们只是在命运的核桃上细细雕刻，每一刀都需要勇气，所以你要是受不了那疼，说等等我再缓一缓，那也没什么。

四

没错的，那是个很有名的寓言故事。传说能爬上金字塔顶端的只有两种动物，一是飞鹰，二是蜗牛。

飞鹰掠过金字塔只需短短几秒的勇气，而蜗牛，却需要耗尽一生的光阴。它们走走停停，每天都努力地给自己制造惊喜，在贫瘠的生命里开出瘦瘦的花，然后没出息地惊叫起来。它们和闹脾气的左脚和解，在不想出发的清晨劝说自己上路，它们活得不像一杆冲锋枪，不够坚决也不够好莱坞，可是它们所需要的勇气，一点也不比老鹰少。

或许到了最后一刻，蜗牛都没有触摸到金字塔的顶端，或许它行到了半路，却又折返，或许它不够格写进童话里，被孩子们敬佩。

可是啊，它记得它跟自己对话的那些晚上，也记得看到小花的惊喜感，还记得如何小心翼翼地绕开一颗小石头，它跟从前的蜗牛，已经不一样了。

五

我不知道那个男生后来怎么样，也许他真的鹰击长空，也许就像你我一样，被一篇鸡汤文激起点什么，过了几天又平复。去过一些地方，见过壮美景象，却还是回到原地，在鸡毛蒜皮的小事中计较出成长的模样。

我也不想责怪当年那个主旋律的女同学，为什么不接过那几根软软面。那时候的她只相信童话的第一个版本，觉得人生就该唱着"轰轰烈烈把握青春年华"一路高歌猛进，她没有观察过蜗牛爬行的姿态，也没有跟自己谈判的经验，那些事要等到很后来，她才会慢慢明白。

——你不需要华丽跌倒微笑爬起含泪说不痛，你大可以坐在地上号啕一会儿。

——你不需要说走就走头发甩甩潇洒说拜拜,你大可以在门口徘徊一会儿等着谁拉住你的手。

——你不需要活成一部电视剧,让旁人眼含热泪点头赞好,从你的逆境中获得满足感,从你的拼搏中提取正能量。

你不过是一只蜗牛,你当然有权利缩回去一会儿,停留一会儿。

你快乐就好。

给毕业生们

你们毕业了,我却想夹带私货,讲关于我的一个故事。

我15岁的时候,上初三。成绩挺好,月考从未跌出过班里前三,和我暗暗较劲的,是一个高个子的短发女生。一次重要的摸底考后,我们都忙着对答案,忙着说"哎呀我大题步骤没写完整",或者一脸坏笑地点点对方说"你这次考很好吧",然后等着她一个劲地挥手反驳。我被围在人群里,判定最后一道大题圆和直线到底有没有相切,从人跟人的缝隙里,我看到她孤零零地坐在座位上,面前是一堆纸巾团。我实在也吃不准,那直线到底是想怎么样,所以把难题踢给了她:"哎,你们去问她吧?"她摆手的弧度很大,一只手掩着鼻子,一只手推开人群:"我重感冒,脑子里一团乱,肯定是错的。"

那场号称"非常重要"的摸底考试里,我拿了全班第一,她跌出了前十。可是不要紧，全班都知道她那天重感冒了，老师捏着卷子看着不断咳嗽的她，也只能挤出一句"好好养身体"。

公布成绩那天，我们是一道回家的。到了我们小区门口，她捂着嘴巴跟我道别。我走出几步路后，鬼使神差地折回去，跟上了她。我大约跟了她五百米路，虽然贴得不近，可是路上人少，连脚步节奏都能分辨出来。这段路里，她没咳嗽过，手也一直规矩地插在牛仔裤口袋里。

我小跑了几步，冲上去拍她肩膀说："哎，我有道题目想问你。"然后在她惊恐的眼神中，故作好奇地发问，"你感冒好点了吗？"

16岁时我上高一，物理很差，第一次月考，63分。回到家当然免不了被质问，我还是鬼使神差地说考前吃了块牛排，肚子疼。

16岁的我急于从窘境中开脱，当然无暇去细想，这第一次用却相当熟练的谎言，和15岁时自以为睿智而公正的探案间，究竟有什么关联。可是20岁的我，可以了。

15岁的我，像是武侠小说里刚握住宝剑的少年，自以为有能力去裁决一切。我觉得摆鞋摊的下岗工人很没用，我觉得讨价还价的中年妇女很没用，我觉得成绩吊车尾的男生很没用，我觉得要靠装病来推托考试失利的人，特别没用。如果说每个小群体都是一个金字塔，当时我真的是站在顶端的那个，所以毫无内疚感地用俯视的姿态看待周围人。要到后来，我经历了不及格，经历了熄灯后闷在被子里哭，经历了没法倾诉的委屈，经历了无疾而终的感情，经历了所谓的成长后，我才真的明白，不是所有结果都能被坦然面对的，给自己沾满血污的失败找一块裹尸布，真的没什么。

20岁的我，终于把那柄剑放在了抽屉里。我知道大多数人都平凡，都有熬不过去、站不起来的时候。在大学里两年，我最大的收获是，偶尔碰到所谓的奇葩：背假大牌包包的女生，吹嘘家里吃过中华鲟的男生，我学会了给面子，能接受他人装×，而且这种"配合"，是出于性格而不是无能；偶尔碰到所谓的loser，听他们抱怨找不到工作，也找不到对象，我也学会了沉默倾听，拍拍他们说"会好起来的"。我学会了体谅每个人能力有差别，天资有差距，而不是滔滔不绝给他指一条所谓的明路。

很多的电影小说告诉我们，成长就是背叛往日的自己，曾经热血的会安于现状，曾经天真的会虚与委蛇，可我觉得不是，成长是15岁的我热衷于刺破别人的自尊，而20岁的我尝试去同情和体谅。

没错，是同情和体谅。这听起来不像是什么有出息的活法，却可能是你抵达"高尚"的唯一途径。有时候成长像是一场走马观花，你会见识很多宏大的设想、庞大的工程、伟大的人物，你也会见证很多人怯懦、胆小、忍让、虚荣的时刻。这些沉默的普通人，可以成为你追求卓越的动力，他们的不幸可以用来刺激你追逐幸运。但是我更希望，他们会成为你善良的原因。

当你们考进交大的时候，你们就是考生这个庞大的金字塔顶端的人，你们听惯了对未来的美好期许：一份好工作、一个好职位、一份好收入，甚至一个好太太。可我们都知道，这社会除了这些温软的"好"之外，还有许多坚硬的"恶"。在学校里除了汲取知识的学生，还有拿着菲薄薪水的清洁工；在你未来的上班路上，除了跟你一样西装革履的年轻人外，还有无家可归的人、失业的人、失意的人。我希望你过得足够顺遂，可我也希望，当你游刃于"八千月薪、三室一厅"的中产阶级生活中时，你还能够想起他们。

我希望这大学四年，你追求的不仅是"更高、更快、更强"，还有更全面的眼光、更宽阔的胸怀、更丰富的心灵。当你迈出校门，从荒凉的闵行走向繁华的徐家汇，或者从繁华的上海奔向荒凉的边疆后，你不要变成那些"青春电影"里的主人公。你不要因为一次受挫，就觉得关系比能力重要，你不要因为一次被骗，就觉得自保比爱心重要，你不要因为一次被甩，就觉得房子比爱情重要，你不要因为一次失败，就急功近利地渴望赚钱、渴望上位、渴望成功，不要因为一些阴暗面，就把之前二十年的价值观作废。

长大不是这样子的，成长说到底，是培养你的承受力。是从前受到一点质疑就忙着调转方向，现在却学会了坚定前行。人是会变，不是越来越容易妥协，是越来越有韧性，不是看多了苦难越来越麻木，是因为苦难而产生了悲悯，不是看多了不公而越来越愤怒，是因为现实而保持清醒。你要用阅历来涤荡你的赤子之心，争取改变而不是抱怨，尝试懂得而不是教训。

虽然你们要毕业了，可我一点也不觉得，你们青春就要散场了。青春是一种状态，而不是一串年龄，它不是不计后果地消耗能量，不是像排列组合一样把身边人睡一遍，也不是非要绕着思源湖裸奔一圈才算圆满。青春是，时刻对世界保持着好奇心，对苦难保持着同情心，对自己还保有信心。青春是，知道要去哪里，也拉好了帆，备足了水，准备好了远行。

就像是不是交大人，跟是不是待在学校也没关系。"饮水思源"四个字，只要镌刻在了心版上，无论脚步在哪，脚下都是交大柔软的土地。

祝你们前程似锦，更祝你们永远年轻。

我不是个怪小孩

那天朋友聚会,约定每人说一件常做的却没有告诉过别人的事。A 说,小时候,每次做了"惊天动地"的伟业,譬如运动会的时候跑了 800 米,替班级换了饮用水,都会在心内默默筹划,将来写自传时,是要怎么添油加醋这一笔。我一边跟着骂"不要脸",一边在心内附和:"我当年还担心过,这一生丰功伟业太多,记不清楚怎么办。"

B 的故事显然更真诚一些:"我晚上睡前喜欢意淫男明星,短短几分钟里,上演荡气回肠的爱情故事,在对方含情脉脉的眼光下入睡……"一群人哇哇乱叫,纷纷表示自己也有这个习惯,脑子里倘若不过一遍吴彦祖金城武强尼·德普,简直就没法安然入睡。

C 小姐边讲边笑:"我看《还珠格格》的时候,一直都披着个毛毯,想学着他们载歌载舞。结果那天,被一个亲戚看到了,我觉得太丢脸了,后来一直躲着她,到现在也没有见过第二面。"

为了表达义气,我们争先恐后地交代,有人拿丝巾当长头发,有人对着玩偶说"尔康,你别走",还有人对着空气默念对白,硬生生把自己弄哭了。

轮到我的时候,我老老实实地坦白,有时候睡前会想到死,想到死了以后就和这个世界毫无瓜葛,恐惧感就会攫住我,接下来一个小时,我都会臆想死亡究竟是什么样子。这不是一个讨喜的故事,可是所有朋友都点点头,说曾经被这样的想法敲打至无眠。

这些故事,无论在叙述的时候,有多么难以启齿或者羞赧,一旦它蹦了出来,你端详它的模样,也觉得无非如此,既不违背天伦,也不妨碍道德,甚至很有一点迷人。

但很长一段时间里,它们被积压,被熟视无睹,甚至让你觉得,它很有些丢人。

第一次仔细想象死亡的夜晚,我一个人在被窝里翻来覆去,睡不着。拉开窗帘,睁着眼睛看漆黑的天空,隐隐希望,所有关于灵魂的故事,都是真的。还是睡不着,我索性赤着脚敲父母房间门,我带着哭腔的嗓音引起了他们的注意,他们问我怎么了。睡不着,我抱着妈妈的脖子,问她死了是什么滋味,妈妈急于哄我睡觉，笑骂了一句："神经兮兮的，快点睡了。"

我已经记不得，那个晚上究竟是睡着了没有，但我一直记得那晚的情绪，闷热的，恐慌的，仿佛看到了什么，却急急地转过头去，想要装作什么都没发生。

后来，我还是常常遭遇一些怪念头，有的关于死亡，有的不是。但我总努力偏过头去，想要把它们驱散，我跟自己说，我才不是神经兮兮的小姑娘。

要到那么久之后，我们才把他们端出来，他们有的还维持着原状，有的在我们的笑声中，歪歪扭扭地倾斜、倾塌。要到那么久之后，我们才在怀旧的气氛里，把那些玛丽苏式的、哲学家式的念头，一一擦拭干净。是的，要到那么久之后。

豆瓣有许多名字长长又奇怪的小组，内容少人也不多，但仅是有个名字就足够了。它像个旗帜一样戳在那儿，告诉你许多自以为怪异的念头也出现在别人心里。人在世上，想要自证不孤单，不是待在人多的地方就可以，兜兜转转，也不过谋求少许心有戚戚。

一直有战战兢兢的习惯，哪怕花了再大气力做好的事情，也只会轻描淡写地去试探别人的意见；面对权威的时候多少有些唯唯诺诺，始终不肯给情绪以光明正大的名分。那一度时髦的"战胜自己才是人生要义，其他都是浮尘"的说法，在自己这里,却永远敌不过毫无利害痛痒之人的随口一句。

因为我们还是没有放弃寻觅感同身受。

因为我们还是在热泪盈眶的时候,期待另一张爬满眼泪鼻涕的脸,而非一张空白的纸巾。

哪怕只是对"艾薇儿白岩松们说"的一同讨伐,哪怕只是对一首歌某句微妙回转的共识,哪怕只是一句没什么营养的"太巧了你也不爱吃番茄炒蛋"。这样,才会感觉不是只有自己敏感着,在为了琐碎波澜壮阔着。

因为听到了你说"我也是",我才理直气壮地讲,我不是个怪小孩。

所以我猜,有时候文学的意义也在于此吧。过于敏感、生僻的念头,于寻常人生而言,总是危险大于诱惑。我们需要从那些字里行间寻求一点庇护,从那些颠倒混沌的灵魂间谋求一些安全感——我不是唯一的那个,他们也一样。

哪怕我们被几次三番地洗脑:不走寻常路,真的走在路上的时候,我们还是忍不住左顾右盼,期待远方有人遥遥唱和,哪怕隔了数重山峦。

而我如果真的对00后们有所嫉妒的话,除了他们一出生就有iPad游戏玩,大概还因为,他们很早就觉得,自己不是个怪小孩了。

素食者凶猛

有时我真怀疑,我们这代人用的,是同一份性格简历。

外在开朗,内心忧郁;表面强势,实则感性。抗拒物欲横流的社会,讨厌尔虞我诈的规则,当然,仍然会鼓起勇气去融入它改变它,因为"只有一种英雄主义,是在认清生活的真相后,仍然热爱生活"。都有个埋在心底的梦想,要么爱唱歌要么爱写作,没什么天赋也不要紧,还可以开个咖啡店——为都市人提供心灵的栖息地。在结尾处,他们都一鼓作气地承认:是,这个梦想会把我拉入贫穷和潦倒,但我不会轻言放弃。

我惯于称这群人为素食者,面对物质,他们显得不过分急切,对于权力争斗,他们表现出了下意识的退却。他们厌恶成功学,也厌烦了曾国藩家书的那一套,于是这些舌灿莲花的人啊,用信手拈来的漂亮话,构造一套全新的梦想理论。他们说人生的成功可以是在某个童年的午后看蚂蚁、夏天暴雨时候吃西瓜、在上课走神看暗恋对象,以及实现自己的梦想,最终不充满恐惧地死去。他们几乎就是现代版的陶渊明,和开口闭口三年计划五年目标的野心家们相比,他们的气质羸弱而纯良;和充满腥膻味的主旋律青年们相比,他们浑身萦绕着素食者才有的清新气息。

他们唯一执着的,就是梦想。他们为之上下求索左右探寻,想创业做APP的,数次拜见行业大佬和风投公司;想唱一辈子歌的,就辗转于好声音好凉茶好故事的舞台;想把名字印成铅字的,就把稿件群发到各个出版社。这些都是正常的手段,都值得鼓励,但不正常的是,一旦他们一时失利或一世不顺,就把整个行业当作假想敌,把所有一视同仁的门槛称之为潜规则,把所有出于专业眼光的不看好,称为谢谢你们曾经看轻我。

梦想这个词汇,被他们紧紧地攥在手里,像是古时皇帝赐予的免死金牌。因为梦想,选秀歌手可以无视音准,发言说炒菜也唱拖拉机上也唱,就能赢得现场的一片掌声;因为梦想,年轻写手那左冲右突的叙事节奏可以被原谅,在诗人都濒临饿死的年代,作家梦是多么值得颂扬;因为梦想,毫无商业运作经验的女孩,也可以挤入互联网时代的盛宴,分得百分之一的羹汤。这些人啊,他们姿态婉转地占了现实的便宜,回头一看,还踮着脚尖轻轻盈盈地站在了道德的制高点上:"我对成功没什么企图,我只是想做一点事情。"

有次跟一个出版人闲聊,说起写手的自我推销——他们往往言辞恳切,让人不好意思当下回绝。不签吧,好像亲手埋葬了一个文学梦,签吧,实在是一桩赔本生意,这个做了三十多年书、也快要活成一本书的出版人,掸了掸桌上掉落的烟灰,语气平淡得像一碗水:"你的理想是你的事情,跟书商有什么关系呢?你要确保你的书卖得动有人看,不然就是在害他骗他。你卖不掉版权,就要受苦,但书商亏了,也是要受穷的啊。凭什么要牺牲他的生活,来成全你的梦想呢?"

这合乎逻辑的话,在凭借梦想和热血闯荡江湖的人听来,就成了尖刻的挖苦。事实上,倘若你的梦想如你所言,真的只是精神世界的自足、信念上的坚持,那成败就是一个完全存乎己心的标杆,你觉得行就行了。说苦追梦想而不得的,其实要的还是外部世界的认可;说践行多年而未果的,其实求的还是一个实际效用的成果。说穿了,总也逃不脱名利二字,追求名利并不可耻,但既然承认了澎湃的私欲,就不必借这些大词为自己敷粉;想要站到行业的最顶端,就老老实实拿出资本、技术、天分来,别想以情动人叩开机会的大门。

可惜媒体仍然在吹捧不假思索的热血,粗糙的原生态和不按常规出牌的草根造神。梦想是梦想者的通行证，务实则成了务实者的墓志铭，不管是创立漫画APP的伟大的安妮，还是一夜成名的农村诗人余秀华，人们对他们个人遭际的兴趣，远远盖过了对作品本身；对疾病对贫困的反复渲染，也等于间接削弱了对才华的关注。他们作为专业行列中的插队者，社会秩序的叛逆者的存在意义，远比其创作者的身份更为深远和深刻，对于追梦的年轻人而言，他们的成功，无异于一种鞭策和召唤。

我对她们俩都毫无恶感，作为90后，我也理解文艺青年们，村上春树和BIRKIN包包想两手抓，高蹈的精神和充裕的物质，同时都想要的心态。有时候，看似无欲无求的素食者，比来者不拒的肉食者更为凶猛，因为他们长期浸淫于励志鸡汤，以为梦想真的战无不胜；他们高估了自己的才华，以为不经训练的天分，能够碾压长期塑造的专业素养。他们既自怜又自恋，一会儿认定偏离主流就意味着受穷，一会儿又倚穷卖穷，觉得死磕梦想的自己，莫名其妙地就值得被这世界高看一眼；一会儿抨击社会不公，一会儿又谄媚于当权者；一会儿贩卖自己的苦楚，一会儿又忙于蛊惑更年轻的年轻人，来为他们的梦想埋单。

想要实现梦想，就比满足欲望高尚吗？还是说，梦想本身，即是另一种欲望？

我不敢妄下结论。幸运的是，经过几年的锤炼，观众的泪腺总算不那么发达了，他们能用更客观公允的眼光，来打量选手的表演；也不再容易被哀戚的往事打动，从而陷入先同情再扒皮的死循环。我想这是一件好事，这意味着我们不再觉得，幸运是一种原罪，不幸是成功的必备，意味着让创业重新回归对市场负责的本质，让艺术摆脱苦情，投奔纯粹的美。对于不善言辞的实干者们来说，这固然是一种福利，对于整个行业来说，又何尝不是提升水准的黄金时代。

据说恋爱中，最彪悍的一招就是扮猪吃老虎，素食者们也常会以温驯无争的姿态，寻求强权者的认可和庇护。但说真的，在20出头，理应磕磕绊绊的年纪，想靠梦想和纯真就大开绿灯，这比想凭借特权走捷径还赖皮啊。

没有朋友的朋友圈

我常觉得,微信朋友圈是近年来最伟大的社交发明。人人网既庞大又臃肿,你大力扑腾起的浪花,很快就被淹没在跨越太平洋的代购里。微博离现实太远,又顾及转发量,说什么都得字斟句酌,情绪攥在手里,像受潮的一团盐巴。而且这些账号吧,都太公开了、太透明了,谁和谁互动频繁,谁和谁成了好友,都一目了然,就像韦小宝同时被康熙帝和天地会关注了一样,讲什么都施展不开手脚。

朋友圈的奇妙之处就在于,你需要从蛛丝马迹的互动中,去猜想、挖掘、定义两个人间的关系。每次新增一个联系人,迅速地浏览一遍对方的朋友圈后,总能发出"原来他们俩也认识"的感慨,同时也得出"原来他还有这一面"的结论。是谁发明了"圈"这个精妙的说法,它封闭又敏感,拒绝接纳新成员,又时刻渴望被窥视。你只知道你的朋友列表里有谁,却永远无法囊括对方的联系人,所以你回复时,既战战兢兢,又胆大妄为,你不知道有谁沉默地盯着你们的互动,也不知道他回复别人时,又是怎样的声口。就像我加过的一个文艺青年,朋友圈里满是豪言壮语,"不想被任何名利捆绑",几天后我又在一个富二代朋友晒的新车照片下看到他的回复,充斥着兄弟啊牛×啊改天一起聚聚啊这些热忱的字眼,最后还不经意地带了一句:"最近有什么靠谱的实习吗?"

朋友圈最伟大的功能,就是分组,它的伟大之处在于,你没法判断对方是公开还是分组,还是就你一人可见。这功能给了多少人伪装的机会——有人跟男友稳定交往三年,对外一直宣称单身;有人在这个组里装完孙子,又到那个组里去扮大爷;有人盗这个组的图去那个组装×;有人喝完这个组的酒又去那个组励志。它给了一些人活在平行时空的机会,给了收取不必要的艳羡的权利,也给了从日常生活中叛逃的可能。你能看到的,永远只是一个分组里的内容,就像你能辗转听说的,只有故事的一个版本。谁都在管中窥豹,谁都在扮演陌生,谁都想要借虚假的朋友圈,活出现实里不存在的风生水起。

大概人都有一千张脸吧。所以她简洁地回完"去洗澡了"之后,又放下自尊蹲下身子,去捡另一个人的话头,小心翼翼地问"你在干吗";他在知乎挥斥方遒洋洋洒洒过万赞后,又起身去茶水间泡一杯速溶咖啡,独自打发又一个加班的夜晚。所以,每次我一不小心,闯进两个圈子间的交叉地带,都会格外唏嘘,因为没有防备到陌生人的到来,所以那些亲昵的生硬的掏心掏肺甚至套近乎的回复,都还没来得及删除。我置身于他们的互动间,像是参观了一群人熟睡时的面容,既陌生,又脆弱。

朋友圈所呈现的,大多是提炼后的人生。旅途中可能抓拍了七八十张照片,最后能通过层层遴选的,不过那么三两张。通宵做 presentation,八小时里脑内奔腾过千万匹草泥马,最后公开的,却是 PPT 页面和一句"年轻就属于奋斗"。和伙伴一道做项目,不管过程多么跌宕起伏抱怨过多少次对方的不靠谱,结束时还是要 po 集体照,感慨"相聚是缘,有你真好"。当然,围观群众也很上道,女生自拍一律默契点赞,发侧颜挑战的就高喊"女神",发凌晨两点落地窗前万家灯火的就恭称"×总",至于考前拍概率论封面声称终于要开始预习的,评论里都会默契地回"学霸轻虐"。

这种互动,也未必不出于真心。就像街上有人爬梯子,行人都会下意识搀扶一把,当他人用心也用力地证明自我时,我们也乐于从点头之交,进化为点赞之交。这种看似虚伪的社交下,其实藏着一点"揾食不易"的同理心、一点礼尚往来的私心、一点想开疆拓土人际关系的野心,这些心意或者心思拼凑起来,也够大家和和睦睦地在朋友圈里天天见。

有时我也会懊恼地想,朋友圈里,其实压根就没有朋友啊。真正亲密的人,总是即时性地跟你分享喜怒哀乐,做完美甲就兴冲冲地问你好看吗,打牌赢了六十块都要汇报,哪顾得上纠结,到底要为这张抓拍选用哪款滤镜。就像逢年过节,你跟大部分人转发老套的祝福短信,末尾还不忘署名,生怕这一点社交的努力白费。而跟最要好的朋友和最喜欢的人,却不必假借节日的名头问候,你们自然地把话题延伸下去就好,在你们毫无重点、絮絮叨叨的对话间,月亮落下去,太阳升起来了,这便是最具仪式感的"节日快乐"。人世间最郑重其事的庆祝方式,都该是朴素而随意的,不必有蜡烛,也不需要烟火。

真正的感情,从来不是靠点赞维持的,就像存在感,也不是靠刷屏累积的。只是我们和世界的关系太过稀薄,才想攥一把叫好声在手里,假装永远身处闹市,永远有人醉笑陪君三万场。有时我甚至觉得,朋友圈就像一个买家秀,不管是秀恩爱还是秀绩点,发自拍还是拍豪车,都只是为了证明,我的决策都正确,我的品位都高端,我此刻走在命运的阳关道上。那就大方点赞吧,反正淘宝不能无理由退货,人生的每一个岔路口,也没法回头。

所以,一旦某个人停止了晒图,我总愿意相信,他是不必再向朋友圈索要安全感了。这安全感可能来自于强大的自我建设,也可能只是因为,被人端端正正地摆在了聊天页面的置顶。我有个女朋友,做了多年的单身公害——对,就是那种深夜传自拍配歌词,传泳衣照说"哎哟又胖了怎么办",情人节只晒花不见人,暧昧对象够集齐一个电话簿,签名仍然是"我要稳稳的幸福"的女生。一整个暑假,在铺天盖地的旅游照支教照摆拍照旧同学合照中,都没瞥到她的踪影。我激荡着八卦之心,兜着"不会被屏蔽了吧"的揣测,委婉地向她提问,她却是难得地直白:"太麻烦了,懒得发。"

我当然不信。

聊天页面来来回回地显示"对方正在输入",过了好一会儿,突然弹出来一大段话。

"那天给他看小时候的照片,不小心滑到了去云南的旅游照,都是原片。反正你也能想象,有些笑得眼睛都没了,有些是麒麟臂,有些抓拍腿短得像柯基。我都做好分手的准备了,真的,虽然本人也就这样吧,可那些照片就跟整容医院前期对比照一样,能够拆散任何真爱。结果他来了句,你好可爱啊。

"不是讽刺也没有敷衍,你看得出来,他是真觉得那个肉乎乎的小姑娘可爱。

"我现在就想扎着马尾陪他上自习,不想再硬凹姿态,证明自己活得千姿百态。要是有个人能够接受你的原片,你就懒得再为无关紧要的人,动用修图软件。"

我愣了一会儿,然后退出了聊天页面,随手点开了朋友圈的那个小点。

当我跑步的时候我什么也没想

我已经跑了两个礼拜了,这个时候最适合写些什么,半生不熟的状态,最容易滋生感慨。所以陶渊明当了八十天县令,却对着官场发了一大通感慨,王维为官多年,诗里却只有木末芙蓉、山中红萼。又所以我们还没活几岁,就急着煮一锅心灵鸡汤,而真正的成年人们,他们通常沉默。

时间是可以让人闭嘴的。

所以我急着说些什么。

跑步大多是为了改善身材,而身材和皮肤一道,总是口无遮拦地泄露你的生活状态。对长期吃白水煮青菜的女明星来说,发福是一种笃定的象征。就像李湘婚后复出,虽然代言了无数减肥药,却成效寥寥——然后通过一个《爸爸去哪儿》的节目,我们窥探到她的生活,土豪风的住宅设计,女儿的大牌童装,还有一个反应慢半拍的乐呵呵丈夫。我们于是点头,她是真的上岸了,所以不用再刻意束腰收腹,也无须忧虑体重计上的读数,和那些沉浮于娱乐圈里情天恨海的瘦削女明星们不同,她脚下踩着的,不是扁舟而是土地。

适量的胖和适度的木讷一样,都是幸福的明证。古代大户人家里的孩子,多少显得有些"笨"。成长于市井中的孩子,从小就加入残酷的生存竞争,或是和兄弟姐妹争夺零食衣裳,或是帮父母从生活的缝隙里寻找生计,他们大多精明而敏感,能迅速地对外部世界变化产生反应,说得好听些,叫机灵,难听了就是猴精。所以王安忆谈《半生缘》,说黎明演的世钧,一看就比黄磊演的叔惠家底厚,他的表情多少显得呆滞,不像黄磊表情总那么灵活。

可是普通人的发胖,却没有明星来得那么理直气壮。最近频频有文指责中国男人,说他们的脸不似外国人那么端庄好看,说到底,不过是嫌他们太早放弃自我。可是,自我本身就是需要辛苦维持的存在啊。

女生浴室里,时常可以看到澡堂阿姨也在洗澡。白花花的肉甩在水龙头下,她大力揉搓,使劲地用粗糙的毛巾搓背,用拇指关节搓泥,用手心搓小腹,我偶尔扫过周围女生的表情,大多是七分不屑三分同情——她们觉得她粗鄙,她们心里想的一定是，我以后肯定不会这样。

谁都觉得自己不会这样，就像谁都觉得，我们一定不会在公共绿地上跳广场舞，一定不会偷偷掰掉蔬菜的烂叶子，一定不会偷用邻居家的网络，一定不会缠着店员磨折扣。没有人愿意一身肥肉，也没有人愿意做不体面的事情、当不体面的人，可是生活实在太乐意考验那个"一定"，我们太轻易滑向那一端——今天有白灼虾，那就多吃点吧；过八点了，就别去跑步了；都快40了，谁还看我啊；就这么一次，不要紧的啊。

所以我的朋友刻薄说，身上的每一寸赘肉，都是同生活妥协的标识。

在奔向另一个自我的路上，跑步是必不可少的。那天我说，肥胖是恋爱的特权，减肥是分手的前奏，有以偏概全的嫌疑，可是跑步，的确是一种对目前处境的婉转抗议，也是对更好的自己的隐秘向往。跑步和节食一样，都让人痛并快乐着，它让你和贪欲、惰性抗争，也让你和自省、自律贴近。

我喜欢在操场上跑步。健身房里器械太多，容易给人游乐场的错觉，其中大多数都是力量型的——自从我上次差点把哑铃砸到脚以后，我就收敛了练出肱二头肌的冲动。而且，健身房人太多音乐太响太封闭了，空气里不是咸津津的汗水味道，就是荷尔蒙的气质，在那里实在太适合假装随性地穿着短裙被搭讪，而不是穿着宽大运动裤奔跑。

四月是真适合跑步——通常是有风的，还有泥土翻过的味道、割了一半的草腥味、小朋友举着冰淇淋的甜腻味，你经过它们的时候，像是经过了一个无人到场的盛宴。村上春树用一整本书来探讨，他跑步时候究竟在想些什么，我呢？我没出息地什么也不想。

耳机里鼓噪着维秘秀场的背景乐，放任脚步抬起又放下，脑子里空空荡荡的，不用去想导师布置的五千字论文还缺多少字，也不用想有多少本书都只是借了又还。80年代风靡的"在路上"主题一点也不稀奇，人人都有在路上的情结，每一段旅程里，我最喜欢坐在车厢里的那段，整个车厢都像是一个巨大的冰箱，前路蜿蜒而遥远，我什么也不用想。虽然我没有参加军训，可是我想，我也会喜欢它的，因为它让我抽离了生活的常态，也从日常的担忧中抽身，我不用去想有多少单词没背多少计划没完成，我甚至都不用去攀比周围人了——大家都站在同一起跑线了，我们一起站军姿，一起晒太阳，还有什么比这更让人省心的吗？

真的，虽然我们高喊着要自由，可是在逃避自由这方面，我们也是一把好手。

我一般跑十圈就休息了，偶尔会去对面教超买点饼干吃。

在货柜前挑挑选选，看哪个热量最低又不难吃得过分，抱着零食走在路上，那种小小的放纵带来的快感，是让人着迷的。

跑步、逛超市，都让我清晰地感知到"生活"，高三时我一个人住，每周最快乐的时刻，就是去对面超市购物。事先我会有个大概的购物单子，酸奶、草莓、吐司、牛排，这种有计划的、和自己有商有量的事，让我觉得自己不是一个写不出解析几何步骤的学生，而是一个扎扎实实的、被生活捆绑却反身拥抱它的，人。

当然，跑完步后吃夜宵，更有一种放肆的小心翼翼——腿还酸，所以不肯大口吞咽，可是为了补偿自己，也不想亏待了味蕾，还是那种有计划的、有商有量的快乐。

去跑步吧，趁大家还把你的跑步称之为"健身"而不是"减肥。"

我只告诉你

跟损友聊天总能听到一些损笑话,传说某人在实习期间,因着家庭父母矛盾以及重重的感情困境,上班时无精打采效率低下,上司出于人道主义情怀或者对效率的不懈追求,把她叫到办公室,开头便是温情脉脉的:"你怎么了?是不是发生了什么事情啊?感觉你最近上班没什么精神。"

连日哭丧着脸却无人关怀,草草应付却只获得同事白眼的某人终于哭了出来,姿势语调都做了微妙的调整,一场山雨欲来的倾诉眼看在即。上司做了个手势,堵住了她的感情决口:"别,我们还是回来继续谈谈工作。"

小时候,我们多么乐于和亲密的伙伴分享秘密,下课时把她神秘兮兮地叫出来,动作手势眼神全用上,面部表情丰富得特写都唯恐不够,唯有声音轻而又轻,像是又细又长的虫子,痒痒地钻进对方的耳去,旁人的心也仿佛被一同挠到。

调皮的男生一定会凑过来嬉皮笑脸地要探听,他们那时候对女生的隐秘的对话很感兴趣。女孩子们挥挥手,半真半假地赶他们,她们既为得到注意而愉悦,却也不想让这个秘密被探听者搅得掉价。

那时候我们用的最多的话是:"我只告诉你一个"。而对方的回应往往是一个斩钉截铁的眼神:"我绝对不说出去"。

后来她们因为一个铅笔盒或是一次作业本上的五角星而翻脸,后来她把这个秘密昭示众人,把秘密的细枝末节一一抖搂,后来那秘密内容变得不再重要,后续事件反倒成了青春期的一道疤。

然而并不是嘴巴会背叛,纸张也会。小学时班里有个早熟的女生,身体和感情发育得都比同龄人早。那样的女生往往是有种莫名其妙的矜持的,她想要加入这群叽叽喳喳的小学生时,却敏感地意识到自己的不同。我们都对她充满了好奇,跟她同寝室的女生喜欢发布些"一线消息":她在厕所偷偷换卫生巾啦,她晚上到楼下电话亭打电话啦。好奇心愈燃愈烈,最终驱使我们班的男生趁她不在的时候,翻了她的抽屉,找出了一首诗。她的字迹清楚漂亮,纸也是精巧的信纸,上面写的什么我已记不清,但一定和爱情沾了边,也有一个女孩子的自怜。那些语焉不详的迷恋被指向情色,而自怜则被曲解成了自恋,人人都争抢那几张纸,兴奋得满脸通红。

秘密让一个人变得不同,而不同,总要付出足够多的代价。

有趣的是,不少秘密其实从来不期望被保密,正如"被封杀"成了一个明星的炒作,"被禁"成了一本书最好的推荐腰封,"被删减"成了一个电影最棒的噱头,有的时候,"被保守"的秘密,是最想要大鸣大放的消息。我的一个朋友被一个小姑娘收服得妥妥帖帖,他装得灰头土脸,跟我抱怨人身自由受限,再三叮嘱"不准跟别人讲我现在这么惨啊"。我看穿了他五大三粗外表下扭扭捏捏的小心思,咬紧舌头不透露一个字,他枯坐家中无处炫耀,过了一个月表扬我:"你还真是实诚啊。"

我这同学才实诚,真的只告诉了我一个。事实上,许多秘密被当事人吞吞吐吐地讲出来时,你以为你得到的是独家,要过好久以后你才知道,你拿到的不过是通稿。

大多数的秘密都不是裹着柔软花瓣的甜蜜糖果,更多的时候,它是流言,是不堪,是扭捏,是胆怯。它是刚来月经的小姑娘跟好朋友分享内心的胆战心惊,是喜欢上非单身的男士时的悲壮和忍耐,是对着某个看不惯的嫉妒的人放出的一支支冷箭,是平和表面下的细却深的裂痕,是所有该想不该说的事情的总和,是一切该讲不该瞒的事情的聚拢。

当你说出"秘密"这个词语,你就默认了它的不可见人,其实回过头去看那些事情又有什么大不了的,是你心虚的态度给了别人可以出卖的机会。

我不知道是不是每个人的成长期里,都有过背叛的经历。那时候我们还不知道"分寸"这个词的精准含义,我们就像一只小狗一样,对谁都敞开柔软的腹部,等着对方来揉。我们好起来就要到对方家里去玩,要一起过夜讲那些琐碎而无谓的心事,要同仇敌忾对付某个看不惯的人。可是为什么那些"好"都那么不堪一击,为什么你曾掏出的柔软心事最后都成了刺向你的匕首?只是因为年少吗?可恋人们在一起时候分享过的细节会被一方放大翻晒,同事间说过的老板的坏话会被拿来去讨好去献媚,秘密是你交出去的鲜活的心脏,在过后总变成冷硬的石头。

是因为年长的缘故吗?我觉得我的秘密越来越少了。发育期过去,不再对身体的细微变化大惊小怪,发情期过去,不再把手心的感情线展示给别人看,跟密友因着一场考试被冲散在各地后,连发怒期都要过去了。

那个探头探脑的小男孩也不见了,人人都有乱麻,哪管别人缠住的是哪一段,深夜痛哭的太多了,谁在意你的灯是不是亮着。秘密成了一种滑不溜秋的东西,从我们粗糙的指间掉了下去。

　　太多的事情你知道倾诉没有用，更多的事情，你倾向于把它开诚布公。阅历和经验给了你底气，你不再是那个为自己的不同而惶惶不安的女孩子，你不再需要一个人来分享你的情绪，分摊你的恐惧，你一个人也可以稳稳当当地站在大地上了。

　　后来你一定看到过这样的一句话，也许来自于你读的书，也许来自于你爱的人，他们说，一个秘密在脱口而出的刹那，就失去了真正被保密的可能。这话多么正确——冷酷的充满不信任感的话总是正确的，可是……

　　——我不知道该怎么表达，就像父母从小教导"沉默是金"你却仍然热衷表达，人生容易被记住的往往是那些错的事，是不该吐露的话，是不该交付的人，是"我只告诉你"的笃定和信任，是"我一定谁也不说"的那个一定。

　　是我曾经闭着眼睛跟你描绘我的世界，是你指着几块青砖和几支莹白色的野花，无限骄傲和诡秘地说：这是我的花园啊，我只告诉你一个。

　　——给你给我，六一快乐。

第二章 /

和生活的阴影面

来一次对谈

用餐请安静

去年吧,讨论的热点还是中国社会的板结化。2015一翻篇,舆论就开始全面围剿底层了。

《凤凰男的征婚帖》《双面胶》等一系列婆媳剧,贪官在法庭上痛哭流涕的忏悔:"我小时候家里很穷……"这些佐证都指向一个命题,穷人很可怕,底层不可信。

穷成了一种原罪。因为穷,所以他们经不起诱惑,会为了一点利益就撕破脸面,为生计铤而走险;因为穷,所以他们活得过分紧绷,很难从日常生活中获得审美体验;因为穷,所以他们抗压能力差,遇到挫折时会情绪失控,濒临崩溃;因为穷,所以他们对财富有极端的渴望,无法从容地享用好东西,只会海吃山喝。

听起来特别合理对吗?因为我曾是这套理论的忠实信徒,

不只我，周围人都是。

　　但跳出"环境决定性格"这套时髦版出身论，那些天生握有更丰富资源的人，真的具有更高级的道德感吗？还是说，他们就像懒洋洋的、趴在沙砾上打瞌睡的鳄鱼一样，只是因为眼前的水鸟太瘦骨嶙峋，才微眯着眼，放它一条生路呢？一旦合它胃口的食物出现，它的扑食野心和敏捷程度，都让人咋舌。南京市接连曝光的两位一把手，全是根正苗红的官二代啊，世袭般的出身，也不妨碍季建业把办公室设在总统套房，把工作重心放在炸隧道上。或许人性本无优劣高下之分，只是上层的手段更隐晦，表达更含蓄，距离更遥远，于是政坛攻讦如星沉海底，只当窗见，时局动荡像雨过河源，犹隔座看。而底层的纷争，不过是张三顺手牵了李四的羊，王五偷摸摘了赵六的瓜。他们穷尽一生所追求的——或者用追讨更合适，在我们看来，都不值得。但谁能够定义"值得"呢？我们习惯于用钱买时间，医院看病要雇人挂号，为了三十秒的广告买迅雷会员，用飞机和高铁替代一昼夜的打牌吃泡面，而对底层而言，时间是一个废弃的仓库，钱才是能够避风躲雨的安全所在。

　　干脆承认了吧。我们就是讨厌穷人。

　　往远里说，我们都喜欢的曹操，他爸花了一亿万钱，买了个太尉官职过瘾，这种富二代和官二代的双重身份，造就了他疏朗开阔的性格——青梅煮酒、横槊赋诗，三国里最浪漫最情怀最荷尔蒙飞溅的段落，都是他一手包办了。而刘备作为汉献帝辈分混乱的远房亲戚，长年卖草鞋，卖出了一身市井气息和扭捏做派，人气远不敌那个乱臣贼子。同为皇室贵胄，我就更喜欢开凿运河出兵朝鲜的隋炀帝，这个件件大手笔的败家子，把一个王朝挥霍得气象万千，反观出身贫寒、从小就是德育标兵的王莽，连改革都改得窝窝囊囊。同为开国皇帝，我只听有人想穿越成李世民，叱咤于隋唐乱世，没听过谁想跟着朱元璋重走讨饭路的——底线是刘邦，那好歹也是个基层干部啊。往近里说，高校研究生择偶历来是个难题，尤其是"非土著"们，撇开人际交往圈狭小缺乏集体活动只对导师负责等因素，还是歧视心理作祟。这两年，高考成绩和家庭收入相关度稳步上升，江浙沪的"预录取""直推"等政策，让大城市里家境优越眼界开阔的学生，离名校更近了一步。而少有噱头、纯分数论的考研，则成为许多二、三本学生改写命运的机会，通常来说，这些自愿在23岁的年纪，把高三复制粘贴一遍的年轻人，背景要黯淡很多，他们孤身一人，他们拥有的韧性，被养尊处优惯了的年轻人，称之为"狼性"，没有人会喜欢一头狼的。

但讨厌归讨厌，谁也不会把"势利"的标签主动揽上身。拿到台面上的，都是"有退路才有底线"这类漂亮话。单从表现看，上层人物也的确比底层可爱多了，你看《世说新语》里的人物，每一个都方正雅量，捷悟豪爽，和明清科举考试选拔出来的、就着鸡毛蒜皮在朝堂上死磕的官员相比，他们才更符合对中国文士的美妙想象。读惯了"谢公东山三十春，傲然携妓出风尘"的记载，我真的差点成为东晋门阀制度的忠实拥趸，它筛选出的，是最全能的人才啊，从小耳濡目染官场规则，连培训期都省了——唯一的缺陷是，它把绝大多数人都拦在了机会的外面。科举制收罗了一批书呆子，官员同质化严重，只会照搬而不懂变通，空谈误国而实干寥寥，但毕竟它面向更多数人，它更把平民当人。

　　当然，有时我们也没想那么多，只是很直观地觉得大人物们更迷人。你知道阶层的差距是一面放大镜，得势者的温情会被放大，而失势者的一点不入流，也会被形容成卑劣。大人物的丝缕柔情，会激发出对方源源不尽的想象，会以为，这柔情背后，是懂得、理解、包容。他们用一点"平易近人"，就可以获取一箩筐的感激、赞美，用一个握手，就能赢得下层的好感和尊重。伏尔泰坦承，他会和普鲁士的专制君王腓特烈交好的原因是，对方贵为皇帝，仍然主动向他示好，连启蒙哲人都会陶醉于大人物递来的秋波，更何况我们。与此同时，底层出于求生本能的举动，则因着你俯瞰的角度，变得不可理喻起来——三轮车夫多收了五块钱,你气恼地质问,不就是五块钱吗,至于吗?怎么不至于啊,当基数太小时,再微薄的利润,都变得可观起来。

这于是又绕回到最初的,对于底层人民的设定,没错,因着生之艰难,他们的道德底线更易滑落,他们的目标更浅近,他们的手段更鲁莽,但这本应是你,去努力改善底层处境的动力,而不是捂着鼻子远远躲开的原因。他们的确更不守规矩,更缺乏理想,更漠视艺术,但说到底,规则是上层社会定的,鸡汤是成功人士熬的,连红酒品鉴,都是贵族们没事作出来的玩意。他们从未入局,却要打扫楼上泼下来的残羹冷炙,他们从未参与,却要默认精英们划定的标准,你该做的,是赋予他们更公平的起点,而不是谴责他们与生俱来的不幸。

所以坦白说,我挺讨厌从前那个振振有词地讨厌贫穷的自己的。用道德上的从容感巧妙替代物质上的优越感,等于用一种势利来粉饰另一种势利。

我很轻易地原谅了大人物的种种不得已——受贿是为了效率,妥协是为了合作,却从不为小市民的举动开脱,我为肉食者们提供了瓶瓶罐罐的酱料,却决不替小人物的粥里加一勺肉松。我忽略了糟糕的外部环境,只顾着清算他们的素质和人品。举个简单的例子,在上海的哪一站坐地铁,都有推搡抢座的状况发生,以至于我和朋友每挤一次地铁,都能挤出一串"穷真可怕"的长吁短叹。到了台北,哪怕是在上下班高峰期,捷运站里也是秩序井然,没人插队也没人抱怨,经济停板多年,螺蛳壳里做道场的台北人,让我发觉穷和不体面之间,并不存在着等量关联,换而言之,当政府提供了足够的公共设施时,人捡起尊严,孵化美德,真不是一件困难的事。

在这个"穷就是原罪,美貌即正义"的国度,你当然有避开底层的权利,只是我总疑心,就像最看不起差生的,是那群攀援在及格线的学生一样,最想和底层撇清关系的,就是裤管还沾着泥巴,刚从底层逃窜出来的人。有时候,我们必须以贬低别人的方式来证明自我,用赶尽杀绝队友的方式,来表明自己的立场,洪承畴吴三桂们降清后,打起仗来可是比满人更勇猛。

这也没什么好指责的,如果对底层的全方位打压,能够让如履薄冰的中产们获得一时的安全感的话,也不失为一种精神自愈法。只是铁打的利益,流水的席位,当你能摊着餐布战战兢兢地叉起牛排时,安心享用就好,别跑到等粥的队伍前,指手画脚说白粥多没营养,哎呀这边怎么插队。你乐于捐出一块来那是最好,再不济,也请注意餐桌礼仪,进食时别说话。你拥有的只是侥幸,他们的人生也已经足够寒微,不必再硬生生踩上一脚了。

走在拖拉机上的骆驼

2008年,杭州出了桩不大不小的新闻,交警拦下了一个开着拖拉机的青年,原因听来荒谬,拖拉机上,站着一峰骆驼。警方问讯后得知,这骆驼是他在新疆买的,他一路开着轰隆隆的拖拉机,运着水土不服的骆驼,从南疆走到了南方。警方做主,把那峰骆驼卖给了附近的动物园,又给了他一笔交通费,让他回了福建老家。这年轻人太配合,第二天就坐火车走了,没给记者们发挥的余地,也没给新闻发酵的时间。

告诉我这则过气消息的,是朋友老K。那时我们一桌人入深巷,过小院,寻到了一家私房菜馆。桌上葱花炒蛋异香满口,手撕豆腐煲炖了好久,一口咬下去,既有鲫鱼的鲜,还有风干火腿的淡淡烟味。老K走南闯北多年,喉咙口攒了太多故事,随便丢一个开始,我们就激动地追问后来。

老 K 得知这宗新闻后,立刻奔往杭州找人,当然,他也扑了个空。但他通过朋友知道了年轻人的户口所在,是闽南的一个小村落。月底,他驱车前往,房子是空的,问了左邻右舍,说他若干年前进城务工,没回来过,再问下落,就摇头了。老 K 在空房子前坐了会儿,掸了掸屁股上的尘土,起身想走。一个邻人追了出来,自称是本地中学的教师,他递给老 K 一张纸条,请他留下联系方式:"等肖飞回来了,我跟他说,外面有人来找过他。让他给您回电话。"

对了,那年轻人叫肖飞。

他们互换了号码,老 K 之后换了几份工作、几次住址,号码倒是从不变动。他定期给那个邻居打电话,问肖飞有消息了吗。

那是 2013 年,老 K 说,他大概是世界上唯一一个、无亲无故的、惦记着肖飞的人了。在他都快质疑这个事情的合理性时,肖飞打来了电话。他语气沉稳,说谢谢您的关心,我目前在泉州摆夜宵摊,您要是有兴趣,可以过来长谈。

老 K 搁下电话就去了泉州。他按照讯息,找到了那个螺蛳摊,挑了角落位置坐下,不远不近地观察店家。夫妻俩配合默契,闽地嗜甜,丈夫爆炒鱿鱼时都大把撒糖,妻子就穿梭在几桌客人间,添酒加筷,偶尔扭头,尖声督促儿子写字别磨蹭。

等客人散得差不多了，街上转冷清，老K终于起身，对着陌生的四四方方脸的汉子发问："你就是肖飞？"

那次长谈，老K大失所望。肖飞对五年前的壮举很不上心。煤气要换了，下周儿子开家长会，夫妻俩得派个代表去，这批食材不怎么新鲜……他记得每一桩柴米油盐的琐事，但是不记得那场轰轰烈烈的远行。

老K试探着问他，怎么想到买一峰骆驼呢。

他用圆溜溜的眼睛瞪着老K："我喜欢骆驼呀，想买一头带回家。"

他穿过甘肃、陕西、湖北，然后陡然一转，兜向西南，再经两广、江西，直到在杭州被拦下。他走了整整一年，开着辆风尘仆仆的拖拉机，上面站了峰骆驼，走的都是偏僻乡镇，治安不严，媒体不勤，只有居民注意到他。前半段行程靠积蓄，一旦钱花光了，就把骆驼借给人拍照，照一次五块钱，骑上去十块。

问他想念骆驼吗？他先点头，继而笑起来："去动物园挺好的，我们小区没法养大型宠物。"

老K讲述这次平淡无奇的相逢时，我们站在院子里。刚下过雨，泥土软塌塌的，我穿着尖头靴子，鞋跟不断地往下陷，我心猿意马地听后续，其实全在寻找坚硬干燥的土壤，中途听见有人问老K："那他这一路很辛苦吧？"

"穷人家孩子，怎么样都是苦的。"

"不替他策划个节目？讲讲一路见闻，也能红一把。"

"想啊。可他压根不觉得这事牛×。对他来说，这就是牵着骆驼回了趟家。"

我总算站到了一块小小的花岗岩上，蹭着岩石边缘，一点点刮掉鞋底的泥："那他继续摆小摊？这事对他来说，就没什么深远意义？"

"他没想那么多，做了就做了。他就是图好玩、有意思，不指望靠这个赚钱出名。话说回来，你的人生又不是阅读理解，哪来那么多富含深意的片段？"

我边捋头发边"哦哦"，意兴阑珊了大半——想想看啊，眼神桀骜的少年，开着一辆随时散架的拖拉机，和一峰寂寞的骆驼做伴，这简直就是《后会无期》和《少年派》的合订版啊。字幕组都快提炼出金句了，怎么啪嗒一下，就转成了葱香煎猪肝的深夜大排档？好端端一个震撼中产、呼应背包客、召唤小清新的题材啊，就这么被浪费了。

他不想出名我能理解，安心蛰伏在夜市……也能理解，想不通的是，他怎么就能任由那次大胆的远行过去呢，怎么就能呼吸平稳地，让这段拉风的往事干脆利落地消失呢？换句话说，他怎么就能放任那次旅行，从"有意义"变成"有意思"呢？

初中时写周记，写到实在没得写了，就写一只苍蝇叮过期牛奶的过程，啰里吧嗦了八百字，被老师点评为"有意思"，同时规劝我，要把目光多投注于"有意义"的事物。我很是赧然，在传统价值观里，"有意义"是比"有意思"更高级的存在。它是卒章显志中的那个"志"，是画龙点睛中的"睛"，是不虚掷的总和、被敬畏的原因。哪怕我私下认定，"有意思"像是黄蓉哄骗洪七公的那席菜，是百无一用的天花乱坠；"有意义"却像郭靖，是牛嚼牡丹的政治正确。

后来读沈复的《浮生六记》，有点惊诧于，一个男人居然能如此心安理得地沦陷于"有意思""无意义"的人生，他撺掇妻子女扮男装随他外出，把漫天乱嗡的蚊子当作群鹤，他有点无能，有点轻浮，在文人中也不算养尊处优一生完好，但我始终羡慕他，不为别的，单为他身上那股与生俱来的、对命运的驾驭感。

在风险多多的世间，能够安心地享用纯粹的乐趣，不再试图归纳人生的段落大意，实在是一件很困难的事。我周围有许多人——包括我，都乐意把自己经营成一只生意，我们竭力从阅历、阅读、阅人中提炼出实际功用、世俗智慧，甚至有趣谈资也好。刚学打扮的小姑娘，总是要把每种眼影都上色一遍，她手头统共只有这么些工具，舍不得不物尽其用。刚动笔的新人，也总是沾染着一种要把话说绝的狠劲儿，觉得这样才酷。风度和体面，都是弯路绕出来、跟头摔出来、教训砸出来的。

很多人的一生，是要计较着性价比过的，谁会做无聊之事遣有生之涯？我们每一个举动所赋予的"意义"，都要满得溢出来了。买的每一个包都要出镜，吃的每一段昂贵的饭都要对准灯光角度拍照，每一趟旅行，都要调色至颗粒度饱满，哪怕失真。

我们就这么放任紧锣密鼓，在自己心头敲打一年又一年，直到某日，"望望身边应该应有尽有，美酒跑车相机金表也讲究"。你想不通，为什么征服之后，内心还有鏖战，为什么活得整饬而高效的你，仍然会在永夜角声、中天月色里，被胸口散发出的虚弱气息所俘获。你突然想过那种，不需要旁人叫好的、晃晃悠悠的人生。

捉摸不定的爱情、吊儿郎当的旅行、为爆米花而生的电影，它们都属于"有意思没意义"的族群，都是取用时标明了"量力而行"的存在——缺乏安全感的人，请勿近身。

毛姆出名后感叹，以后去度假，总算可以没心没肺地躺沙滩上，不必费心策划景色描写了。大众的旅行、恋爱、叛逆，都近乎"主题先行"的行为艺术，只有对命运持有充沛安全感的人，才能让骆驼站在拖拉机上，走过两个时区。但话又说回来，只有活给自己看的人生，才能够剥离掉虚荣心表演欲自我感动的外壳，露出一点赤胆忠心。

就像我此刻说，不必给每一段经历添加有意义的注脚，这话是真心的，但放在洋洋洒洒的文末，怎么看都像是假的。

但那也没办法，有人能活成走在拖拉机上的骆驼，不疾不徐地踱步在小小的车板上，慵懒地回应路人惊诧的目光，有人就只能踩着尖头靴子，不断寻找坚硬干燥的地面，好让自己不陷下去。

我也只能让自己不陷下去。

当熊出没时

每到春节,亲情就成了重灾区。

新文化运动后的文人们,发明了一种新式的乡愁。笔下的故乡有新烫的烧酒、风摆的腊鸡,女人在灶头忙活,做豆腐洗蒸笼,是热气腾腾的温婉绵长。而现实的乡土早就是一片狼藉和凋敝之所,只有留守的老人、荒废了时日的叔伯、把毛线和日子都缠成一团的三姑六婶。

啊,故乡,它适合被留恋、被怀念、被寄托,就是不适合劈面相逢。

临放假前,满屏闪烁着"世界再大,也要回家"的动情状态,可惜现实和回忆总有差池。刚庆幸逃离了北上广的重雾霾高物价,看到小城市里寒酸的供销超市和气质闲散的收银大妈,又开始记挂起通宵便利店的好处来。一个人在外打拼时,常羡慕别人家有葱姜蒜爆锅的香气,而你只有冷清的灶台,但一回家,就嫌鸡汤太油红烧肉太腻。

当然,这些都敌不过刚从城市疏离却有序的人际网络中挣脱的你,一回身,啪,撞上了热情又黏糊的亲戚。去年,微博集体讨伐熊孩子,今年好了,矛头指向熊大人,指向七大姑八大姨,没照顾过你的七舅姥爷。

讨厌这些亲戚当然是有原因的。他们记性急速衰退,常忘了给你红包,但讲起你儿时毁坏他家冰箱的往事,却不会遗漏每一个细节。大家哄笑的同时,斜睨着眼看你反应,你有种被当众打屁股的羞耻感,却还得堆出满脸笑容。这些躲在报纸茶水背后、用打双扣来打发工作时间的叔叔伯伯们,指导起你来毫不心虚,跟你说要娴熟使用厚黑学,要恰到好处地说奉承话,哦,还有,工作了怎么能不练练酒量呢?他们不信任"爱情"这种由肾上腺素和多巴胺共同制造的眩晕感,觉得它不稳定易挥发,总想用"知根知底"来替代"情投意合"。相亲挺好,同学更好,那啥,隔壁老王家的儿子跟你小时候玩得很好嘛,要不要考虑下?

听起来特别可恶对吗?但假使,假使换一种叙述方式呢?

他们跟你一年不见,你攥着手机在群里抱怨"好烦啊",偶尔抬起头,挤出个不咸不淡的笑容。对他们而言,这个满口新名词、一脸不耐烦的年轻人是陌生的,反倒是那个为一包麦丽素欢天喜地的小孩,温暖又狡黠,还见证了他年轻力壮的黄金时代。他的确是被淘汰的一代,没什么不可取代的技术,只有硬着头皮熬下来的资历。他吃了太多闷亏也受了太多闲气,以至于把所有的管理层,都当成了熠熠生辉的存在。至于婚姻,其实你反抗归反抗,内里还蛮认同"门当户对"那一套的,不是吗?

——这么一想,仿佛也没有那么不可原谅。

容许我政治不正确地说,这些所谓的"熊大人",不过是视界相对狭隘,言语较为乏味的长辈,他们问你工资多少考了几分,也未必心存恶意,只是想没话找话而已。而你一点即燃,不光是怪他们不尊重隐私,不光是替社会主义批判封建糟粕,还因为他们意见落伍又能力不足,不够格让你频频点头装孙子。你在外头闯荡,一定听过更喋喋不休的自夸、更不怀好意的玩笑和更空洞的指导意见,那些你都忍下来了,因为你不得不忍。而对着这些折戟沉沙的亲戚,你突然丧失了所有的耐性,只想掀翻桌子,图个清净。

平庸者的指点江山,的确会让人心生嫌恶。但站在道德制高点上挥舞小手绢的你,也不必忙于分明泾渭,把他们视为混吃等死的长辈,把自己描绘成浑身是胆的小英雄。除非你和他们象征的那一套规则决裂，不然，就没有瞧不起他们的资格，要是你也试过捷径、托过关系，也只想找份钱多活少离家近的工作，那你就不能叉着腰昂着头，怪罪他们阻挠你的梦想，插手你的人生。

你要是野马，就拼命往草原去，往远方去，往辽阔处去。你要是满足于被豢养，就老老实实记下前辈的攻略，怎么才能多吃饲料少出力。人最忌讳贪心，你不能坐享了特权的好处，却又在饭桌上捂着耳朵说"我不听我不听"。

我有个远房的弟弟——其实血缘也近，是奶奶的弟弟的孙子。但一年只碰一次面，生活环境也大相径庭，所以常需要在记忆里打捞半天，才能"哦哦"应两声。他大概称得上"熊孩子"，每次他来，我妈都得事先嘱咐我把包藏起来，怕被他弄皱蹭脏，还要把围巾收起，怕他随手拿来擦嘴。他最显著的特点，就是胃口好，能扫荡完家里所有的糖果库存，吃不完的，就放在兜里带走。

我们吃完饭后习惯分蛋糕吃，今年订了蓝莓冻芝士口味，我妈派我切，切之前特意跟我说，给你那个弟弟留两块。但事实是，我把第一块挪给他，他迅速消灭，继而理所当然地拿走了第二块，然后是第三块、第四块……一个十寸的蛋糕，眼看就要湮灭在他手上。所有人都不作声,他爸妈毫无知觉,笑眯眯地夸耀儿子的好胃口,我们家人笑得暧昧又优越,他们都不在乎这么一片蛋糕,但他们乐意看笑话。想想看,这种穷相毕露的吃法,多么适合被传播成没家教的案例,多么适合拿来教训小孩,我都能想象,筵席散后,我姐跟我妈会一同唏嘘,然后交换教育心得:小孩子真的不能穷养的,一定要教他学会分享。

那一刻,一个念头神出鬼没地降临到我的脑海:其实,含笑不语的我们,才是真正的熊大人吧。

没有片刻的真心相待,只有比较,和通过比较获取的优越感。这样子的我们,比捏着筷子胡说八道的长辈,更凉薄,也更可恶吧。

我咬了咬牙,拦住了他伸向蛋糕的手:"这个是要分给大家一起吃的,你不能再拿了。姐姐带你去河边玩好吗?"

印象中,我从来没有在他面前自称过哪怕一次"姐姐"。我从来都大方,笑容从来牢固,但我打心眼里没把他当过亲人。对我而言,虎头虎脑的侄子是亲昵的存在,聪明俊秀的弟弟是熟悉的玩伴,而他就是过年时需要涵养去跨越的一道坎,需要小心应付的麻烦。

我不是好人。我势利得浑然天成。我用"境遇区分亲疏"

的理论来为自己开脱。但这一次,我不再祈祷他填满胃快快走,我想主动揽上这个麻烦。

老实说,带他出门时我很心虚的。临走前我妈意味深长地瞥了我一眼,我也只能假装镇定地笑,这是我跟他第一次单独相处,妈的,我比第一次约会还紧张。

但其实,他没那么糟。我穿着高跟鞋走不快,他就不时停下来等我,我问他学校里好玩吗,他就断断续续地给我讲同桌、讲值日班长,偶尔停下来,抬头朝我"嘿嘿"笑。在他的协助下,胆小又惜命的我,还点了生平第一个鞭炮。

这不是温暖心灵的第一百个小故事,我能做的,也仅此而已。

有时会想,春节真是一个残忍的节日。际遇有着千差万别的人们,因为血缘这个避无可避的借口,被迫聚拢在一起,既然有人要炫耀,就得有人承受,有人要汲取满足感,就有人得奉上自尊。而家庭内部的亲疏,也和单位人事一样微妙而精准,我们批判熊孩子和熊长辈时,讲的都是隐私平等和尊重,但听久了,总有嘲讽的成分,不是在你的话里,就是在他们心里。

其实你我早已了然,很多感情都是泥沙俱下,混沌不可细辨的,只是一回到家,面对感情不够深厚,也没什么能耐的亲戚,怒点骤降,火气飙升,甚至懒得给彼此关系留下寒暄的余地。而网络舆论,也时刻助长你心头的不满——抱怨亲戚成了一件时髦的事,就像嫌弃五仁月饼。

但毕竟外面天暗得那么早,尘埃处都结了细碎的冰。你就姑且沉浸在微醺的岁月里,只管享受这美妙的时分,而非默叹世界的愚蠢。

天将愁味酿多情

六个月前,交大西24的寝室内,我和朋友蹲坐在地上,面前摆着她开了免提状态的手机,一个女声在倾诉感情苦恼。那是我们去台湾交换的室友,她吞吞吐吐遮遮掩掩哀哀戚戚地说,她在那遇见了真爱,想和同济的男友分手。

隔着一整个海峡,那裹在困惑里的甜蜜语气,混在内疚里的洋洋得意,仍然精准地刺中了我们。初春的上海还是冷,哪怕捏着温热的奶茶,地板的寒意仍然不容置疑地沁上来,我们有一搭没一搭地接话,被她叙述中明丽的蓝天和锐利的阳光,照耀出了一身惆怅。

挂电话后,我们俩沉默对视,也顺便质问了命运:怎么连恋爱都是按劳分配而不是按需分配呢?我继而追问,为什么别人找男朋友就像买菜一样容易,我们就跟抢银行一样艰难?

六个月后，我坐在台大公馆商圈的咖啡店里，一边拨弄松饼上的冰淇淋，一边画饼充饥式地跟另一个交换生怀想南瓜粥丝瓜汤肉末茄子玉米蚕豆。

朋友说上海正式入秋了，空气里浮动着桂花的味道，是那样甜蜜又冷冽的香气。我于是用力呼吸了一口台北的空气，有当街贩卖的红豆饼的清甜，有一大锅粉圆的甜腻，也有翻滚的热油里刚炸好排骨的酥脆，还混杂着卤肉饭便当里暧昧的暖意。如实汇报后，她尖叫一声："你为什么还没有胖？"

我一边安抚她，一边小心翼翼地绕开买豆花的长队。

这是个属于小吃和下午茶的城市。晚上在健身房跑完步，我都忍不住出门左拐，去附近夜市买一碗药炖排骨，或者一盒章鱼烧。热门的小吃店通常是要排队的，我时常怀疑台湾的钟表被人隐秘地拨弄着，他们有时过得很紧凑——商店11点后才开门，晚上又早早歇业，有时过得很缓慢，路人愿意用20分钟等待一块厚底多汁的鸡排。

所以他们的许多行径，在大陆人看来，都太上不了台面。

有次在宿舍会客室吃外卖，电视刚好在播放台湾的美食节目，一群裹着短裙颤巍巍着假睫毛的女明星，用夸张的肢体语言来介绍一家基隆的鱼丸店。她们的表现大约可以用浮夸来形容——尝完第一口就激动得五官错位,而没吃到的那个,要使劲在舞台上蹦跳以示遗憾,我和旁边的交换生互相瞟了一眼,内心台词空前一致——至于吗?

台湾的综艺节目总让我想起"小红骨贱一身轻"这类的句子,大陆的真人秀节目,卖点通常是真实,明星们就算睫毛刷得根根分明,一旦开门,还是要穿着松松垮垮的家居服,扮出一脸的惊诧。而台湾大呼小叫,七情上面的综艺咖们,卸妆后还有打底,出局后死不下台,拼命喊好吃却只肯咬一口,假装被街拍却偷瞄镜头,而民众也默认,甚至纵容了这种浮夸的演技。"推荐的都蛮好吃的,"我当地的朋友努努嘴说,脸上有种宽容的嘲笑,"吃饭时候看看,也蛮开心的。"

所以我突然想,文明发展的过程,就是容许"假"滋生的过程吧。就像少年人总急于刺探对方真心,容不得模棱两可,给不了转圜空间,而中年人却把往事和着残酒泼掉,能说出口的只有场面话,能接手的只是斟酌再三后的情绪。文明也是这样,一开始总想要纯粹的美,可接下来遭遇了真实的恶、虚假的孽之后,才老老实实地承认了一部分伪装后的美。他们的综艺节目太过锣鼓喧天,以至于你能窥见后面演播室里抽完一根又一根烟的工作人员,他们的艺人笑得太花枝乱颤,递出的飞吻太多,以至于困倦的眼袋和年岁的细纹,也一同交付到了观众面前。台北就是这样,漫山遍野的"假"里,淬炼出一点"真",大鸣大放的搭讪后面,掖着防备的姿态。

　　台北多咖啡馆,而且是那种不连锁的、独门独户的咖啡馆。因为是个体的,所以店主的意志格外分明,占领中环最白热化时,台大醉月湖旁的小咖啡馆,就注明"香港学生每桌送一杯红茶"。当然,大多数时候,店主的品位只凸显于装饰和情调,我很喜欢躲到店里二楼的落地窗旁,点一份BRUNCH或者松饼,噼里啪啦地敲击键盘,同时捕捉对桌的谈话内容。

　　就在那个名为"SECOND FLOOR"的咖啡馆里,我见证了中年男女相亲、年轻情侣分手、国中同学聚会,以及一群主妇的小憩谈天。他们的谈话内容,兜兜转转,都是童年往事、异国奇遇,就连牵扯到政治,也是闲话说玄宗的口吻。也是,台湾腔那么嗲,起司片那么脆,奶油饼又那么糯那么粘牙,再高涨的兵家气焰,到了台北的咖啡厅,也得偃旗息鼓。

　　但就是这么个号称的美食王国,它,少有蔬菜。

　　我住的台大公馆附近,意面日料韩式烤肉埃及沙威玛广式烧腊饭台式卤肉饭一应俱全,然而这些店的共同点就是,少有蔬菜,往往是大块的肉旁边零星点缀些花椰菜,厚厚的奶酪下藏了一片生菜。

　　从10月份起,我就致力于搜罗蔬菜。我尝试过的手段有——

去当地同学家蹭饭，然后尝到了好吃到甘愿放弃灵魂的天妇罗，但抱歉啊，只有几株高丽菜；问服务生能不能增加沙拉里的蔬菜种类，被毅然拒绝；去正式的餐厅，两个人点了六碟青菜娃娃菜，才凑满了最低消费；我甚至还逛了菜市场亲自下厨，一盘没有调味的番茄炒蛋吃得一群交换生老泪纵横——因此被表白的时候，我有种本想以色事人、最终以德服人的痛感。当然，更多的时候，我也只是去超市买一盒秋葵，放电饭锅里一煮，然后蘸点芝麻酱油醋了事。

所以我妈每次要求我发晚饭给她，看到我吃豚骨拉面或者辣味锅贴时，都觉得我在台湾过得很惨，他们那代人，总觉得晚餐就应该是有清蒸鲈鱼红烧狮子头西红柿炒西葫芦，再不济，也要摆一碗紫菜蛋汤。

其实我想说的是，我从前最讨厌吃蔬菜，但在绿色稀缺的台湾，我奇异地改了胃口。人在异乡，也会慢慢更改对朋友、对孤独的定义，我从前是个对友谊特别挑剔的人，总觉得要在彼此的血肉九回肠里荡过一遍，在对方坐立不安的心事上躺过一遍，才算是知己。但在台湾，几个人做伴去旅行，在火车上打牌讲各自学校的八卦，一起旁听好玩的课再一起在课上玩手机，我在路上看到标明"两人起"的火锅店，就停下来打电话问，你吃吗？

这种浅尝辄止的友谊，未必不是好的，它就像甘蔗，有一种说哪到哪的随意，没什么回味的余地，却有坦白的甘冽。就像有段时间，我常要坐出租出门，为了打发时间和情绪，我常要求司机给我讲鬼故事。他们当然没遇上什么鬼，但要招揽客人，就只好现编一个，关键词都差不多——穿红衣的女人、漫长的隧道、深夜的招手客。讲完漏洞百出的故事，他们会问我来历，我也就回敬一个知音版的自我介绍——不是大陆私生女千里寻父，就是失恋后赴台疗伤，20分钟的车路，足够我编织完一个短促却跌宕的故事，下车时候，司机竟也会生出一些浅薄的认同感，嘱咐我说："孤身在外，一切当心。"

这些微妙的瞬间，会让我觉得台北毕竟太小，但小城之所以人情厚重，大抵便是因为它的亲狭、挨近，才从村头行至村尾，饭香已至，像熟稔的小黄狗。

也只能打嗝

我们一行朋友，最喜欢的文体活动，除了热心地追踪彼此的倒霉生活后续外，就是给对方做选择题。新近抛出的话题是，要是能任意拣一个成功人士或者行业大佬共进晚餐，你选谁？

心情随着Ａ股起落坐了一周过山车的，毫不犹豫地选了巴菲特；刚入股了个创业项目的，想跟老罗坐一起用锤子手机砸砸核桃；当然也有女朋友说，特别想拉着刘强东的手问一句，要不考虑下我？虽然长相差了点，但我也蛮善良单纯的。

名单越列越长，气氛热烈关头，有人掷出一句：其实跟谁吃饭都无所谓，反正他们讲的你都听不懂，还不如趁天南海北扯淡时，多吃点好的。待会儿一路打着嗝回去，比消化一宿他们的金句有意义多了。

群里顿时愁云惨淡，无人接腔，我怯生生地说："我去楼下借个吸尘器,打扫下卫生,你们慢聊。"

在吸尘器的轰隆声里,我想起一个姑娘。和富二代男友分手后,她执意要换个专业读研,我说那你知道要看什么书借什么资料吗?她双手叠起放在膝盖上,用惨淡的又带点优越感的笑容说:"这个哪能自己考呀,肯定是要托关系的。我男朋友——哦,前男友说,要找谁谁谁才有用,他爸爸有这个行业的熟人,他很懂的。"

那是分手后她惯有的笑容,惨淡的,却带点优越感——像天宝年间的宫女被放还后,对着民间啧啧称赞的玉器,撇一撇嘴说:"这算什么呀,从前我在宫里……"

我联想起她前男友险象环生的作弊传闻,大概他带着夸耀的口吻,跟她说起过许多遍,有出息的爸爸如何帮他冲出困境的故事吧,他指着图书馆里一副副隔夜面孔,脸上乍现着俯视众生的快感,他说:"真正牛×的人,从来不用跟人比跨栏高度的,他们可以一脚将栏杆踹开。"

就像他允诺给她的爱,不是我替你一只只剥小龙虾,而是承包下一整个池塘。

可惜他半途撒手,她保留着他赠的包送的花他们常去的餐厅的VIP卡,像攀住最后一级楼梯,却仍无法对抗现实的重力,迅速坠落。但就像灰姑娘念念不忘舞会盛景一样，她忘不掉那些"特权"带来的恣意。更糟糕的是，她看到了他们那个世界的一些潜规则，比如爸爸给老师们挨个送奢侈品，就误以为那是上流社会的全部规则，她才从男孩子口中，窥探到一点不入流的事实，就用惨淡的却带着优越感的口吻跟我说，那些都没用的，凡事只有靠关系，这才是这个社会的真相。

我想她的下一个男友，估计也就是"踹栏男"的2.0版，毕竟在IMAX影院里看惯了大片，就不能忍受用iPad看《魔戒》，她会不断地想要尝试各种捷径，因为她笃信，那就是跨越阶层的不二法则。

然而，那个要把栏杆踹翻的男孩，对自己的"幸运"也未必完全知情——他只看到父亲派秘书来打招呼，看不到秘书搓手赔笑脸的荒诞场面；只看到一个电话就能解决麻烦，看不到对方的呼吸稍稍滞重些，父亲就把话筒攥紧些；只看到如今他们一脚可以踹开所有恼人的规则，看不到他平民出身的父亲，曾沉默着钻过那低矮的栏杆。

他不必知道，这花团锦簇的面子下，有父亲致密的忍和辱砌成的底子——但他亲爱的女朋友，只顾着跟他一道叹息别人的隔夜面孔，忘了自己的脚下，其实全是漏洞。

他给的吉光片羽，成了她奉行不悖的《圣经》，她用白头宫女闲话天宝旧事的语气，低头哀婉地盯着手说："这个哪能自己考呀。"

上周李开复来台大演说，朋友发给我地址时间，我想了想，还是没有去。当然我的逻辑很虚荣也很坦白——对我来说，他不管是讲互联网还是讲创业，都没有兴趣，唯一的收获就是合影，但是我眼睛肿了，照片没法传的，那我去干吗呢？

尽管我的出发点很"妇人之见"，但还是能提炼出一点普遍共识的——我们的阅历、经历、能力，差了那么多，他再是掏心掏肺地跟我分享人生干货，对我而言，端出来的都是大同小异的励志鸡汤。我愿意相信，他鼓励学生要坚持梦想，要敢于尝试，要无惧别人的误会和白眼——这些都是他从过往一个个熬过的深宵里，总结出来的确切经验。用那句时髦的话说，深夜痛哭过的人，的确有资格来谈人生了，可是谈话毕竟不是做公益，只言片语，只能给你一根若有似无的绳子，无法把你从困境中彻底打捞出来。

然而道理总是料峭的，不及错觉来得温暖。你们并肩见识了太多场面，你就误会自己也属于被欢迎的嘉宾；被恭敬地递上名片时，你脑内闪过的鲜明念头是：原来我真的很重要；被别人敬酒拍真诚的马屁时，也不会煞风景地想，这张椅子可以给你坐,也可以给别人坐;这张椅子可以为你永远保留,也能随时抽掉。

所以我想,最容易毁灭一个人的方式,大概就是把卖花女带入名利场,把包法利夫人扶上前往伯爵家的华美马车——不仅是经济上社会地位上的不对等,智力上见识上的不对等,也容易让一个人迷失自我。开眼界就像开荤,你一旦尝过了东坡肉,就更容易感觉到饥饿带来的晕眩感,而那个带你吃东坡肉的人,不可能一辈子都心甘情愿为你的兴高采烈模样买单的。

不管是演说还是进餐,当双方的层次相差太多,你就无从理解他话语中的深层含义;当你没有能量时,对方如何给你铺路,你都无从下脚;当你踟蹰在圈子外时,对方也怠于跟你共享实用信息——当然,我女朋友是个例外,搞不好刘强东一冲动,真会被她的善良单纯打动。

流水的筵席总要散的,而只有一个水准的人,才能长久地对坐,哪怕其间你们闹别扭生闷气相互指责,但椅子都摆在那,你不必边赌气边忐忑。有多少力气吃多少饭——至于那些侥幸捡到入场券的,在大佬云集的席上,你能做的也就是闷声吃大菜,在告别时分,一边收腹微笑合影,一边轻轻地打一个嗝。

别替悟空找妈

这两年，国内的编剧们都在专注于刻画立体人物。

所谓立体人物，就是好人也有精打细算的私心，坏人也有良知的余烬。犹记得我的一位高中同学写希特勒，起先说迫害犹太人云云，陡然笔锋一转，说他一生只和一位情妇厮守，结局还是一道殉情，比当代男士们忠贞太多，不算彻头彻尾的"恶人"。语文老师气得在讲台上甩动稿纸，破口大骂："希特勒怎么就不算恶人？！"

翻案文章难做，但人人都爱做。从推敲汪精卫究竟算不算汉奸起，我们已经重新审视了李鸿章、张学良们，最近网上热烈转发江青同志对《智取威虎山》的修改意见，大家讶然发现，这个从上海出走到延安的女演员，艺术品位很不错嘛。甚至有人感叹，这出又红又专的京剧，比现在手撕鬼子的抗日神剧好多了。

并不是每个历史人物都能被刨出来重新解读,搭着时代顺风车的我们,只有在瞥到魔幻现实主义场景时,才会主动跳下车往回跑,大多数也就走马观花说过就过,有不见者三十六年。那些侥幸被现代人"临幸"的名人,都有个共通点,要么长得好看,要么私生活好看。

年轻时在广州演说、粤地女学生"掷花如雨"的汪精卫自不必言,人们津津乐道于他和陈璧君的同舟共济。据说汪精卫刺杀载沣前夜,两人敲定终身,据说陈璧君在提篮桥监狱改造时,嘴里反复呢喃的就是一句"我的丈夫是个美男子"。这些眼花缭乱的据说,足够凑成一本《少年英雄爱上我》的言情小说,至于建立伪政府嘛,权当是感情鸡汤上的浮沫,撇开一边就好。

类似的,还有张学良。他和赵四、于凤至的三角关系太哀婉,谁会在意"西安事变"的起伏和震荡;红袖添香的画面灵动如《聊斋》,何必深究这山上漫长的囚禁岁月里,这个碰巧被历史选中的、能力平庸的少帅,到底在懊恼和不甘什么;就连不动一兵一卒不抵抗就撤出东北的窝囊事迹,也敌不过和电影皇后胡蝶的绮艳秘闻。

历史不仅是个任人打扮的小姑娘,还是只任人宰割的鸡,你随便选下一块来,就能熬出一锅滋补当下的好汤。

当然,光是拎出来作为"男人沉默女人流泪"的榜样还不够,历史名人们,还得承担被唏嘘被同情的重任。

在 QQ 音乐里随机听到方文山为《武媚娘》写的无字碑,歌词让人"弹睛落珠"。从"盛世大唐我退位,心无悔"就罔顾史实鬼扯,到结尾甚至许下,来生要落户山水,"寻常布衣家有你陪,平凡的心碎"的愿望,就差替广大女性剖白心迹:幸福,不在于名利或者权势,只要有个温馨的家,有个贴心的人。

这个唯一的女皇帝从没料到,千余年后会被拿来作为"女人的圆满究竟是什么"的鲜活反例。她会不会和我的语文老师一样,气得甩动那一沓稿纸,愤怒质问:"谁他妈告诉你我在大明宫里不高兴啊?"

这些替武则天感慨"高处不胜寒"的人,同时也忙着替乔布斯忧伤众叛亲离的局面,替希拉里羞臊出轨的丈夫,替李嘉诚无奈"再多钱也买不来亲情"。他们一边为鸡毛蒜皮吵不停嘴,一边震惊于每一桩名人离婚案;边向儿子撒泼索讨每月养老费,边操心刘嘉玲这么大年纪了还不生;边为年终奖跟同事斗智斗勇互穿小鞋,边对着落马贪官摇头,说哎呀要那么多权力有什么用。

他们未必对历史感兴趣,却热衷于转发"历史震惊你";未必对真相感兴趣,却乐于从支离破碎的语录中攫取养分。他们一会儿把吕雉当成隔壁的失婚妇女，说你看嫉妒心多可怕，硬是把一个见惯风浪的铁娘子描绘成吃陈年老醋的文艺兵；一会儿又把军阀张宗昌当成远房亲戚，说小伙子人是鲁莽了点，对老娘倒是蛮孝顺的。他们对历史的主体表示淡漠，却对八卦有着扶摇直上的热情；他们对人物的主要功过少有了解，却对他们的私生活如数家珍。他们擅长推己及人，觉得一切未知都很可怕，他们天然地抵触深刻，把艺术家们臆想成疯子。只有在琐碎的日常领域，他们才觉得安全，对着一地的锅碗瓢盆，告诫孩子"平平淡淡才是真"。

历来翻拍武则天的，重头戏都在当上皇后前——跟太子有私、在寺庙相思、和萧淑妃斗法，这些片段尚属常人能感同身受的范畴，从掐死亲生女儿起，大家就有点吃不消了，至于登基后重用酷吏打压李唐宗室，拜托，看电视是为了消遣，不是为了体验智商局限性。有时我会不厚道地想，我们那么爱看名人的花边新闻，是想借助这些或缠绵或苟且的爱恨，来获得自我催眠：他们也就是普通人嘛，我们的能力、脑力、精力，其实并没有差太远。而一旦涉及专业领域或者政治题材，就不啻接受一场智力上的鞭刑。

当然，我们一般都说，爱是人类的共通的情感，和知识、信仰这些东西比起来，它的流通领域比较广，你也可以说，武则天接连换男宠，但这些都不是真爱，所以她晚年独自踟蹰于大明宫时，一定是不快乐的。我没法否决这种猜想，毕竟史家只管记载帝王起居，不替他更新今日心情。但说真的，就像人们年年赌"诺贝尔文学奖"花落谁家，并不是因为全民爱阅读，只是村上春树比李政道浅显易懂，我们一窝蜂地谈论爱，也不一定是对爱情格外郑重，而是跟其他精神层面的东西比起来，它的门槛比较低而已。感情就是这点好，众生平等。

可惜鸡汤只能暖一暖胃，从不承担启迪大脑的功能。大多数人读史，读到的不是长江后浪推前浪，而是人生长恨水长东，我们都特别擅长，用牛人的小小缺憾，来消解自己的不圆满。

或许世事的确公平，得了天下的失了美人，赢了奖杯的丢了人心，但真正的圆满，也不过是一场求仁得仁。很多人的理想状态，是在厨房择芹菜等孩子放学，但也真的有人，需要从源源不断的权力中攫取快感；很多人希望儿孙满堂其乐融融，但也真的有人，独自对着一沓沓稿纸推算定律时，觉得头顶有上帝经过。

面对伟大，我们脱帽致敬就行，不必替他们揪心回家有没有三菜一汤等着。

就像看《西游记》，我们只需要目瞪口呆地看孙猴子闹天宫斩妖魔，不必替他分析，这种顽劣的性格源于幼时家庭教育的缺失，无畏的胆识背后，有无依无靠的孤单。规则是念给凡人听的，当天才经过时，我们只需要闭嘴惊艳。我们学着土地公的样子，恭称孙大圣就好，你别推己及人，觉得这孩子伶仃一人太苦，非要给他上溯家谱找个妈。

不吃肉的小孩

我们家人都喜欢吃肉，尤其是我。

我们的吃法各式各样，但手段都偏向残忍：爆炒、红烧、盐焗、慢烤，少有清蒸，食材于我们，就像商王朝于妲己，都有股不作不死的劲。

我最爱吃肉，而且还不是规规矩矩的肉。别的女生要是想拒绝谁，得带着点诚恳又惨淡的笑容，慢吞吞说实在不合适，你值得更好的。我就没那么麻烦，大家出去吃一顿，我迅速地报上一串菜名："猪脑、腰花、大肠、鸡爪、牛舌、鹅肠、墨鱼仔、鲜虾滑，哎，先生你去哪？"

过年时团团围住，顿顿吃肉，长辈们最喜欢我，不管我平日里是一个多么伤春悲秋的文艺青年，只要一到了饭桌上，我就永远能吃，永远喊饿，永远口水流淌。

大家最不喜欢的，是沉沉。

沉沉是在一顿年夜饭的时候，被带回来的。她妈妈拖着几个巨大的蛇皮袋，还有一个快要撑爆了的拉杆箱回到了娘家，在袋子摩擦地面的声响里，她妈妈轻轻地说了句："我离婚了。"

而瘦瘦小小的沉沉攥着她衣角，像是一件不重要的行李。

起先恭维大人逗弄小孩的轻松气氛被打断了，我们陆陆续续地起身，手忙脚乱地把她们娘俩往桌边推，不知道是该问"没事吧"还是说"没事的"。我们添了两副碗筷，外婆不停地给沉沉夹菜，外公用筷子蘸了点黄酒喂她，用玩笑般的口吻说："哎呀，怎么这么瘦，以后就在外公家，给你养胖点。"

沉沉费力地用勺子把一大块糖醋排骨拨出去，她声音小小的，可是特别较真："外婆不要给我吃这个，我不喜欢吃肉。"

"你尝尝看呀，一大早去挑了很好的排骨做的，你姐姐她们想吃都吃不到，喏，你看，她们都要抢的。"外婆示意地看向我，我非常配合地夹了一筷往嘴里塞，还露出心满意足的笑容。

"我真的不要，"沉沉把目光收回，继续摇头，"我不吃肉的。"

这下子气氛真的陷入了僵局，我们盯着盘子里浓油赤酱的红烧肉，想不明白怎么就遭到了初来者的嫌弃。

我看到她妈妈咬了下嘴唇,主动把肉夹到自己碗里:"她就是这样子的,很麻烦的。算了,你不要吃我吃。"

"哎,那也好,沉沉把肉省给妈妈吃。"我妈起身舀了一大勺蚕豆玉米给她,也顺便圆了个场。我继续乖巧地啃排骨,想,不就是一块肉吗,怎么就动用了省这个字。

吃完饭后外婆赶我们去客厅看电视,妈妈留下来替她收拾碗筷,我黏在她们脚边,假装想要一副鞭炮,其实是想听她们说话。

大人总觉得小孩子很单纯,我觉得有这个想法的大人很单纯。

我妈把一个个盘子叠起来,侧着身子对着外婆叹气:"她也不容易,一步走错了就步步都跟着错,现在小孩子都要跟着受苦。"

"那能怪谁啦?当初是她自己非要嫁给那个人的,我们都说外地人不好,她哪里肯听啦。"

"哎,她现在也算尝到苦头了,你看沉沉,平时不知道在吃什么,整个人黄黄的,都要僵掉了,连肉都吃不惯。"

外婆把几盘没吃完的菜拌到了一起:"一个人带着孩子,以后还有的是她受的呢。你多帮帮她,总归是你日子好过得多。"

我妈低声应了。过了一会儿,她从厨房出来,看我还蹲在地上，就用特别温情的声音跟我讲："不要买鞭炮了，那个有什么好看的，我带你去买一箱箱的大烟花。"

那个春节，我妈特别好说话，我想买薯条就带我吃必胜客，我想买条裙子就带着我逛商场，她给得特别慷慨，除了一点——哪怕递给我一个冰淇淋，她也要问："妈妈对你好不好？"不等我回答，她就会自顾自地接下去："没事，妈妈有能力对你好，所以你想吃什么想玩什么都行。"

十岁的我懵懂地沉浸在这种满足感里，我只觉得我妈妈真大方呀，不知道别人的苦难有时候就是自己幸福感的催化剂。

晚上我们聚在一起吃饭，大家都夸我的蓬蓬裙好看，外婆把一大块鱼肉放我碗里，我嘴巴忙到吃不过来，倒是再没人逼沉沉吃肉，或者可能也有，我没注意。

很多人都说看我吃饭很有视觉愉悦感，所以我想，13岁的我穿着毛茸茸的裙子，使劲往嘴里扒拉饭的场景，应该和贴在门上的脸蛋红扑扑的金童玉女一样，从内而外透着喜庆。

隔了好几年才回家，外婆给我们收拾房间铺好羽绒被子，然后就拉着我妈，絮叨着沉沉。外婆说她上六年级了，马上就要选初中，成绩中不溜的，她妈妈准备给她花钱上跨区的好学校了。

我妈估计是看我理东西理得很带劲，想拍我马屁，就说怎么读个书还那么麻烦呀，我们家这个是一点都没费过心思。

外婆一记记地把枕头拍松："哎，你说换个孩子呢，就知道妈妈的钱来得辛苦，知道要好好读书少添乱，她倒是傻愣愣的，什么也不想。她这个情况，按理应该是很懂事的呀。"

我妈笑着打了个岔："她现在吃肉了吗？学校里大家都吃，她总也要吃几口吧？"

外婆一个劲地摇头："还是不吃的，我也懒得说她，总归是管不到头的。"

吃饭的时候，我再次看到了沉沉。她个子蹿高了好多，两颊还是没什么肉，她主动坐到了饭桌最下方，搁在她面前的，是芦笋和蒸蛋。

那年我刚初三，大人们热烈讨论着去哪所学校，话题很自然地就蔓延到了沉沉。叔叔们一边斟酒，一边教育她说："沉沉，你要给你妈妈争气呀，她这么难，你可不能给她添乱了。"

沉沉嘴里嚼着东西，随便点了点头。于是大家七嘴八舌地从初中择校扯到了将来就业，每个人都在等沉沉表态，等着她把随意的表情收起，把芦笋咽下，郑重其事地说："我知道的，我会好好读书,将来报答妈妈。"

沉沉的沉默像是一种对峙,她妈妈的脸色也越来越难看。终于,她啪的一声把筷子放下,使劲把沉沉拽起来,手指尖快要戳到她脸上去:"你现在是多说不得啊?舅舅们好端端跟你讲道理,你还装听不见了啊。你是瞎了看不到我一个人带你那么苦,还是聋了听不进一句逆耳忠言啊。"

沉沉被拽得歪歪扭扭的,她努力想维持声音的冷静,可是哭腔还是不可遏制地泄了出来:"你不想养我就别养啊,跟着你我是很开心吗?当初是谁把我生出来的啊。"

之后就是剧烈的拉扯,她妈妈用苦大仇深的口气,讲一个人带沉沉有多么艰难,而大人们毫无力度的劝架,更像是一场煽风点火。

沉沉用力地推开人群,往房间里跑,并且干脆利落地拔掉了钥匙,锁上了门。大家都簇拥到了门口,她妈妈使劲地拍门,叔叔们满屋子找备用钥匙,外婆不停地重复"沉沉快开门,妈妈跟你讲道理呢"。

一直都没离开桌子的我,不知道怎么想的,在一片忙乱中敲了敲门,说沉沉我们聊聊。

过了一会儿,门开了一条细细的缝,只够我伸进去手掌。叔叔们想要推门而入,被我妈拦住了,她说别,就让她们小孩子谈。我进去的时候看了我妈一眼,她有一点欣慰,还有一点担忧,我知道那一刻她肯定觉得自己是教育专家。

我也觉得自己挺像专家的,我对着眼皮肿肿的却固执地别着头的沉沉说:"差不多就得了,快出去吧,现在大家都挺心疼你的,觉得你妈妈太冲动了。再拖下去,他们就嫌你不识相了。"

沉沉吃惊地望了望我,大概是没想到一个饭桌上的吉祥物,家族里的好学生会讲出这样的话。但她迅速地背过身去:"他们爱怎么想怎么想,我才不管。"

"沉沉,"我再度艰难地开口,"你就跟妈妈道个歉,以后读书认真点,其实成绩好能带来挺多便利的,至少大人不会再一直盯着你。"

"我真的读不好呀,"沉沉两手一撇,激动地看着我,"爱难道不应该是没有条件的吗?为什么我非得拿第一名、上好学校,甚至非得吃肉,你们才会爱我呢?"

我愣了一下,其实当时我隐约知道想说什么,可是14岁的我订阅的还是《意林》和《读者》,对着毫无温情装饰、丑陋得相当直白的真相,还是想要偏过头去。

我想说是有很多父母,喜欢喋喋不休地用那些付出来捆绑小孩子的一生,他们强调自己的牺牲,顺便也理直气壮地要求你用无忧无虑的童年陪葬。

我想说血亲也可能包藏有祸心,他们此刻全拥在门口,想看一出孤儿寡母的苦情戏,你翻江倒海的情绪,于他们是不懂事的闹剧。

我想说就算是对着亲人,也不能指望毫无缘故的爱。一旦长大了点,世界就会要求你严格遵照台本,上台下台谢幕走位,都要你讲究分寸,你这一刻放任自己不肯下台,下一刻可能就让你下不来台了。

但14岁的我怎么能够面不改色地说这些,我只能拍拍她的肩,说快出去吧,别让人家看笑话。

我最后一次见沉沉,是在我们家,那个日子我记得相当清楚,因为那是我青春期挨的最后一顿骂。

其实也没什么,一批亲戚来我们家玩,饭桌上我跟我妈开了几句没大没小的玩笑,她大概是想彰显家教,就板起脸骂了我几句,我面子上挂不住,就把门一摔跑出去了。

后来我跟我妈认真探讨过这件事,她把我归结为"人来疯",我不知道大人是怀揣着怎么样的自信心,才能够把孩子层层叠叠欲说还休的心理命名得如此粗暴难听。我能想象,一个小姑娘面对家里一堆半生不熟的亲戚,想要展现一个轻松的愉悦的自由的活泼的家庭气氛，于是想通过小小的不守规矩，来证明自己被宠爱、被放纵。

这就像好多人明明跟父母的聊天记录就那么两页，却硬要在网上 po 父母的神回复一样，现实中的家庭像国产剧一样乏味而沉重，以至于需要通过一两个生硬的笑点，来模仿美剧里的开怀。

但显然那天我装X失败了，我被领回家的时候，特别希望客厅里嗡嗡嗡的人群都消失掉，包括咬着嘴唇一脸心疼地看着我的沉沉。

那晚她住我家，我们擦肩了好多次，我却始终梗着肩膀不作声，说什么呢沉沉，说我再是早熟又识趣，仍然希望被溺爱被拦腰抱起被托在肩上吗？或者是说，明白那么多道理，仍然不想好好地过一生？

过了几个月，她妈妈带她去了外省，后来再没回来过，偶尔给我们寄东西，都是肉脯肉松肉肠，深红色的肉堆在箱子里，特别触目惊心。

所以我也一直没有机会跟沉沉讲，其实我没那么爱吃肉，也不是真的无辣不欢。我只是觉得，太过敏感的性格容易招致猜测和怀疑，而天生一张哀婉的脸，也实在不讨女性的欢喜。

所以我试图用没心没肺的笑容平衡多心，用爱吃肉来遮掩其实爱吃醋的真相，用重油重辣的口味，来扮演坦白直率的明朗少女。

我其实挺喜欢吃芦笋的。

就像你一样。

那些年，我是陪你失恋的女孩

作为闺蜜，两种情形下最容易蹭上饭，一是一对男女在一起了，二是一对男女不在一起了。

通常情况下，男生是很愿意请女朋友的闺蜜吃顿饭，一来是讨好，毕竟对方闲闲的几句撩拨，很可能决定接下来几天你的命运走向。二来也是示威，寝室内连载的攻心计或许超出了男生的理解范围，但这亮相却无疑具有隐晦的保护含义。因此，无论是割地求荣，还是扬我国威，在战略意义上，都是可行的。

虽然听起来不那么贴心，但我的确更喜爱第二种理由。

太阳底下并无新鲜事，两个人在一起，无非是那么些小心动小波折，当事人却说得像是开天辟地头一回，不厌其烦地一遍遍给我们描述——啊，他是这样跟我说的呀，对，她不说话可我明白她的意思……

于是席间,男女主角眉来眼去,时不时上演相互喂食的深情戏码,我一边啃鸡翅,一边忙着捡一地的鸡皮疙瘩。

谋爱不易,谋饭也不易。

相比之下,分手饭,就精彩太多了。

分手饭的请客范围相对较小,而且主人大多只剩一位,蹭饭者也不过寥寥。乍恋爱时的那一顿,描述得一惊一乍,发布的却不过是寻常的通稿,无甚惊奇之处。而分手时的这一餐,说出来的话大多平平淡淡,却听得人暗自心惊。

总有人宣称,分开后才识得对方的真面目。那个偷偷往他钱包里塞钱的女孩子,也在他请客后问每个人私下要了钱;那个做事一向磊落的男生,为了学校的补助金去街道里开了假证明;那个对着你淡淡地说"我没事"的圣母,心路历程足够写十八本《甄嬛传》;那个赌咒发誓非君不嫁的人,用一堆昵称备注了一群备胎。

更可怕的是,原来你的朋友们,通通都知道,所谓的真相,不过是糊在你脸上的一层纸。

你只觉得自己被骗了,可是究竟谁在骗你呢?人性本身就是一个巨大的容器,暴虐和善良、冷酷和多情、粗鄙和精致、充满信仰和毫无底线,往往都可以兼容在一个人身上。你碰到了她的这一面,于是被温情熨帖了每一个毛孔,我碰到了她的另一面，于是被恨意冰凉了每一寸肌肤。

可是恋爱的时候，谁还记得客观公正呢。每个人都会美化爱人，擅长爱的结晶能力——就像将一根树枝丢进了盐矿，再捡出来时，结满了洁白晶莹的晶体，于是我们忘记了，那只是一根树枝而已。

不过这种时刻，也是展示人间温情的大好机会。当初在一起的时候，一方是召开新闻发布会，另一方恭喜的话翻来覆去不过那么几句，反而显得单薄。倒是遭遇当头一棒时，互动性好得空前绝后，朋友们安慰的话大多实心实意，连嘲弄声都沾染了温度，散伙后还为你唏嘘几句——道理很简单，倒霉的时候，人总是更容易感同身受的。你惊觉那些尖锐刻薄的话，才是真正疗伤的心灵鸭汤，不管你承不承认，它们才是主宰感情世界的教条。换而言之，难听的话嘛，大多都是对的。

蹭了那么多顿饭，最让我惊讶的，大概是人的记忆力。

真的，原来他通通都记得。记得每一次争吵的原因也记得买过的单付过的账，记得她跟他说晚安后却在另一个人的状态下嬉笑怒骂，也记得替她通宵赶作业时她在一旁吃烤翅翘起的小手指。

你不得不承认，在最最浓情蜜意的时刻，你纨绔十足地说你什么都不在乎，可你的潜意识却像是一个称职的管家，工工整整地记下了每一笔付出。

  我看着他们一个个醉得名字都叫不全,却细细数出吵架次数谁先低的头,并不觉得荒唐或灰心。只觉得分得平心静气的,当然值得褒奖,但怨气十足甚至歇斯底里的,也未必只是性格原因。一段关系结束后,人人微博里没有留下任何痕迹的,很可能是一条条删除的,而依旧满满当当的那一个,或许只是懒得矫情。付出更多的那一个,总是不能心平气和。

  相对高中而言,大学的分手成本高昂多了。同桌前后桌斜对桌第一排和最后一桌,长久的共处给了感情滋生的土壤,也给了彼此宽容的机会。印象中,那几个爱折腾的小团体内部,哪怕是用排列组合的方式好了个遍,毕业时也能坐在一起吃散伙饭,恭祝对方长生不老三十年后嫁给郭晶晶的儿子。

  反倒是到了大学,为了证明情商的完整发育,大家都竭尽全力地做到客客气气分开,却做不到高中没事人一般地插科打诨。我的同学带领我参观学校,愣是绕了一个大圈子才把我从寝室楼下带到食堂,我愤怒地指责他用心险恶,他略带羞赧地来了一句——走那条路,我怕经过我前女友寝室。

  我的目光漫不经心地扫过整个食堂,阳光一点点将答案照得透亮,我们跟一个人纠缠不清的年岁结束了,命运再也不会给我们拖泥带水的机会,也没有了似是而非的权利。当年一群人跋涉青春的泥沼,一齐摔倒后再以拉扯的方式将对方扶起,而此刻我们脚下的,早已经是坚实却也坚硬的土地。

我不喜欢那部小成本大热卖的《失恋三十三天》,除了演员说台词像背课文、开启用旁白讲故事的先河之外,我不喜欢它的结局。这本来应该是一个用刻薄做盾牌、以强势为姿态的女人,如何收拾上一段感情遗产的故事。毒舌男闺蜜的动机也很简单,无非是把对上一个的歉疚转移到这一个的胸膛,近乎于一场自赎。前半段他们一起并肩作战,相互斗嘴,虽然满口都是毒液,喷薄的却是温情。

可惜人心不知足,硬生生把温情调和成了爱情,于是又回归到男人拯救落魄女子的老套戏码。这或许是为了票房,却不适用于疗伤。

——把你从上一段感情中解救出来的,从来都不是下一段也不是下一个,而是你自己。

初初写完这篇,我随手发给一个朋友圈中的资深感情专家,假意说敬请斧正,心内想敢提意见就绝交。他对"大学分手成本缘何比高中高"这个问题有不同的意见,认为高中恋爱多少带有玩伴性质,彼此交付得不多,因此收手时姿态更加漂亮。

我想想,仿佛也有道理,可这究竟关我什么事呢。在那些混战的年岁里,我不过是——一个陪你们失恋的女孩。

门

从我们搬到这个房子起,就和他们做邻居。

是在装修的时候就认识了的,两家大人年纪相仿,他们的女儿比我大一级。父母辈的童年里,总有关于隔壁街坊的记忆,哪怕后来进入公寓时代,也完全不像专家们说的那样,相敬如宾,漠不关心。第一次会面,就把彼此的工作单位、籍贯生平交换了一遍,第二次碰上,就能交流各个品牌的地板的材质了。

他们先搬进来,半年后,我们也搬过来了。我妈说,要不请他们过来吃顿饭。席间两家大人谈共同的熟人,谈一同被套牢的股票,谈一齐看好却没有下手的房子。分别的时候,对面的女人问我妈:"你女儿在哪读书呀?"

我妈如实答了,然后大家都惊喜地发现,我们就读于同一个小学。于是对面的女人说,要不以后你们俩就一起回家吧。

我妈说好呀好呀，于是两边大人亲热地拉着手，好像驱散了一切不安全因素，我抠出一个别扭的笑容，和他们的女儿沉默相对。

第二天早上出门前，我妈罕见地没有叮嘱我"中饭要吃不许倒掉吃干脆面"，而是给了我30块钱，她亲切地问我："够吗？"

太他妈够了。以前她为了防止我买零食吃，每天都只给我3块的。

我把钱放进书包内层，蹲下身来系鞋带，站起身后还是觉得惶恐，就问她："这个是一个礼拜的呢，还是一天的？"

我妈想了想说，再说。

那天傍晚放学后，我就和对面家的女儿一起走了。她不是直接就回家的，她带我去对面的小店淘小玩意，我在那边摩挲着美少女贴纸，她举着一条项链给我看："好不好看？"

我看着那个黑色的心形装饰品，由衷地说："好看。"

她说："我也觉得，不过挺贵的，要三十呢。等我好朋友生日了，我就买这个给她。"

我想起躺在书包内层的30块钱，却不再像早上那么兴奋了。怎么说呢，人家好朋友过生日都送首饰了，我们还是互赠储蓄罐，人家有了30块钱，都用来买礼物了，我满脑子想的，都是香菇肥牛。

我真的很难过，整一段路都低着头。

不过走到小区西门的时候，我终于可以把头抬起来了。那边有许多路边摊，卖无骨鸡柳，卖烤肠，卖关东煮。她拉着我穿梭其中，不断给我推荐这个那个，我不断点头，内心却在犹豫。

"是每样各买一点跟她分着吃呢？还是只买一样，以后一样样尝过来？"我一边想，一边把书包里的30块翻出来，她发出小声的惊呼："你妈妈好大方，每天给你那么多零花钱，我只有5块。"

再也没有回头路了，我顺势挽起了她的手臂："我不知道哪个好吃哎，不如我们每个都买一点，我分你一半啦。"

我们站在花坛边沿，颤巍巍地举着好几串烧烤，书包里还藏了一袋鸡柳，年糕一直往地上滴油，我怕弄脏衣服被骂，于是举得更高些，把嘴凑上去吃。她被关东煮辣得不轻，不时停下来喘气，然后跟我说他们数学老师的坏话。那天傍晚我们聊了很多，我4点钟放学，却拖拖拉拉直到5：30才到家。奇怪的是，这么长的聊天时间，我却对谈话内容毫无印象，究其原因，大概是她只顾着抱怨她的，我只忙着兴奋我的，我们对彼此无话不谈，我们对彼此毫无兴趣。

吃晚饭时，我妈问我，一起走开心吗？我说开心。

于是爸妈继续他们的话题,我犹豫了一下,决定插话:"妈,能不能明天再给我一点钱?"

"你都用完啦?"

"嗯。"

我妈皱了下眉头:"你怎么用得这么多啊?"

我说我请对面的女儿吃东西了。我爸妈迅速地对视了一眼,然后我爸就笑着说:"嗯,跟小朋友相处,是要大方一点。你说吧,明天要多少?爸爸给你。"

我嘴里含着筷子,犹豫着跟爸爸说:"对面每天给5块的。那我要4块好了。"

我爸立刻就反驳我:"你干吗要四块啊,爸爸每天给你六块。"

所有的感情都建筑在物质的基础上,可是所有只建筑于物质基础的感情,都不能长久。

我和对面的女儿的第一道裂痕,是因为路边摊。那天我买的是烤肠,她买的却是现做的无骨鸡柳。按规矩,都是先把钱放在盒子里,然后站在摊前等的。结果那天来了城管,小贩推着车就跑,我们腿短,还背着书包,怎么也追不上。

第二天放学后,我带着她去找那个小贩,他倒是很老实,苦着脸跟我们嘟囔:"警察来了,我哪还顾得上你们啊,给你们多一点胡椒粉好吧?对了,昨天欠了一份几块钱的?"

她在我耳边轻轻说,是5块的。

我于是大声地跟小贩讲,你欠了我们一份5块的,胡椒粉得再多点。

小贩连声说好,麻利地做好,放进袋子里递给我们。回家路上,她主动用竹签喂我吃了好几块,我觉得太棒了,我们真的成了好朋友。

我们都住在三楼,走到二楼拐弯处的时候,她突然诡秘一笑,悄悄跟我说:"其实我买的是3块的。可是现在你不能举报我了,因为有一块钱是你吃的。"

我愣在原地,却还记得抠出一个笑容。

我们的决裂却是因为我。期中考后的一天,她蹦蹦跳跳地走在路上,告诉我她语数外都拿了全班第一,问我怎么样。我很想告诉她,我们四年级真的不排名次,可是我太怕被撇下了,我太想进入那个世界——有排名、有绯闻、有决裂,比我的妩媚太多了。所以我迅速地接话说,我全班前三。

第二天,我们放学晚了,我急匆匆地赶到校门口,看到的是满面怒容的她。她指着我说:"全是假的,什么全班前三,我问过你们班同学了，你上次古诗词默写压根就没及格！"

我没有再愣住，我一路紧跟着她，她停下来买无花果，我就抢着买一包，拆开来递给她，她加快步子想甩开我，我就一路小跑，气喘吁吁地叫她名字。那晚我8点钟爬上床后，甚至就着台灯，给她写了一封长信，剖白我的心志，我说我默写是没及格，可我语文真的挺好的，我只是前一天晚上偷懒没有背。第二天我把信硬塞给她，第三天她对我说，我可以原谅你，但我们不可能再做朋友了。

我打这段的时候一直在笑。后来我默写仍然差劲，高中古诗词填空，"小楼一夜听春雨"后面，我顺手接了"原来润物细无声"。后来我成了一个对感情特别"省着用"的人，懒得费心讨好谁，也没有那么多爱来洒向人世间。后来我每次想起那个一路小跑的小姑娘，都有点不知所措，不知道是该劝她停下来，还是替她擦掉汗。

后来我转学，也就顺理成章地没有再一起上下学。后来我们读了初中，学会了在饭桌上矜持地举杯互敬，却还没学会亲热地挽手。她每天回家时，都会喊一声"爸爸妈妈我回来啦"，她声调偏高，音质尖锐，可因为内容的缘故，听起来总是又黏糊又甜蜜，像灌了糯米的糖藕。

我爸妈于是分外期待我的归来,可是说也奇怪,明明我们读的是同一所初中,途经的是同一段路程,怎么她到家的时候就是兴致勃勃的"我回来啦",我一进门就哀号"累死了。妈,我们今天吃什么?"

大概每个父亲心里,都怀揣有一个娇弱女儿的梦想吧——她永远路痴,她一直恋家,她走路都跌跌撞撞,她午睡都需要你去掖被角。所以偶尔我爸接过我轻飘飘的书包,或者搬出鱼香茄子的时候,他也会略带怅惘地问我:"你在学校里不想我们吗?"

我都初中了,他还是希望我像读幼稚园那样,死死攥住他的衣角,哭声震天。

我不忍回应他遗憾的目光,不愿承认自己太过茁壮的真相,于是把这笔账算到了隔壁的头上——这个架势,是要写"书桓,这是你走后的第一个小时,想你想你想你"吗?

等到隔壁女儿读高一的时候,我对她的恶意已经满值。她的高中统一寄宿制,她妈悄悄跟我们讲,刚住校的那几个晚上,她都把父母的照片放在胸口,哭一会儿才能睡着。

饭桌上的我显然被这个故事逗笑了,"有病吧她拿的又不是遗照",我妈一边骂我,一边用手捂住嘴巴,另一只手还捏了捏我腰上的肉。

但噩梦显然没有终结，她妈开始来我家做教育咨询，她的纠结大致如下——她女儿文理科都是年级前二十，该学哪个呢？她女儿莫名其妙被男生追，那男生练习册上全是她名字，她该怎么办呢？她女儿暑假想学古筝和书法，两个她都有天赋，哪个适合上手呢？

我爸认真地跟人家分析，给人家排解烦恼，我跟我妈相视而笑，翻一个默契的白眼。我爸特别想不明白，隔壁家为人热忱，姑娘又善解人意，我们两个恶女人，怎么就揪着人家不放呢？不过我爸想不通的事情还有很多，比如他还想不通为什么刚做好的菜我妈不准他吃，非得拍完照片传朋友圈等别人点赞，他也想不通我在车上一只手托腮一只手自拍，看我扭着脖子擎着手拍侧面实在辛苦，他提出替我拍，就被我一连串的"不不不"给否决了。

算了，这些事情他不用想明白，他就傻乎乎地坐在沙发上，替人家一同苦恼就好。

再后来，我终于进了大学，没错我学校比隔壁的女儿好，可读经济的她却总是爱强调"其实学校不重要，专业才是根本"，可我已经20了，我学会了亲热地挽着她，也学会了把复杂的笑容，混在果汁里喝下去。

其实相处近十年，彼此都给予过温情。我们过年回老家，对面的会替我们贴春联，我们每次去海边，也忍着腥气带特产给他们。十年里，也或多或少，见证过对方的难堪。门只能隔音，却不能静音，走在楼梯上，或者趴在门口，也能捕捉到他们争执声、哭闹声、摔门声。甚至有过半夜被敲门声惊醒，原来是对面的吵得不可开交，找我爸妈过去控制局面。我妈回来后会有意无意地透露些——女的嫌男的不干正事，成天就是看报纸打双扣，男的说女的做保险的那些客户，还不都是他那边介绍过去的。反正谁都不容易，谁都有道理，只是男人赤着膊女人残着妆的局面，实在不好看。

　　写到这里我发现，搬进来这些年，我和爸妈有过大大小小的争执，却从没有在门口吵过架。我们所有的攻击都发生在楼上，哪怕强压着火气，我也要把战场从门口挪开，我知道对面能听见的，我知道。

　　上个月和我妈闲聊，她絮叨的还是"晚饭要吃啊不许拿水果充数"，然后她话锋一转，说隔壁的因为经济问题被调查了，我刚提起精神来，就听见我爸在一旁说"你跟她乱讲什么"。于是我们只好草草结束，我妈轻声说："我待会儿跟你微信说噢。"

　　其实也没什么，我爸妈都是传统意义上的中国好人，不会四处宣扬也不会落井下石，可是也忍不住，把这事当作个题目说说。

关于题目，我想了好久，最终还是定了这个。倘若放到高中，我大概会有一段排比，说门的这一头是猜忌，那一头是用心；这一头是攀比，那一头是温情；这一头是舍不下的贪痴嗔，那一头是割不掉的真善美。可是这些都太明确，而人世间原本就是泥沙俱下，分不清这头那头，也辨不出忠奸戏份，可能这点真心里藏了算计，可能那点算计里还剩真心。如果非要我来形容什么是门，那我第一个想到的，就是最近的那个场景——

上周末我因为生病，提前一天回家，傍晚四点多的时候，我听到踢踢踏踏的脚步声，以为是我妈回来了，就把门推开。这时候，对面的门也开了，我听见那个声调偏高、音质尖锐的声音说："爸爸妈妈我回来啦！"

而两扇门里都没有人探出身。

PS：如果你够细心，就会发现，十年里我们家的事情，我只字不提。对我来说，这也是一扇门。

第三章 ／

清醒地看着世事旋转

你往独处去

我妈说，住我们前楼的老太太离婚了。

她少说也七十了，精瘦、苍白，夏天常穿一身水蓝色，像一团被晕开的蓝墨水，冬天罩着沉重的羽绒衣，每走一步都是种较量——是人撑起衣服，还是衣服把人拖垮。喜欢在阳台上放越剧段落听，边修剪花草枝叶边轻声跟唱。她养一种不知名的粉色小花，专在盛夏里开，开起来满树披挂。花有五瓣，小而羞怯，花梗细长，如美人垂头，最特别的是，同一枝上开出的花有红有白，异常芬芳，是那种把夏日夜晚浓缩其中的甜香。

很多老太太喜欢逮住邻居打招呼，问晚饭吃了吗，前段时间去哪了，问怎么好久不见你太太。她不一样，哪怕在窄窄的石径上狭路相逢，也是互相点点头，不亲热，但也从不让你难堪。

她的丈夫，是个退役军人，虽然这么个称呼放在老人身上有些滑稽——可他真是个典型的"直男"啊。擅喝酒,喜吆喝,时常呼朋唤友,在阳台上放声朗诵毛主席诗词。黄昏时分,有年轻夫妻带小朋友出门散步,他一碰上,就把小孩子高高举过头顶转圈。父母紧盯着那软软的一团,生怕稍有闪失,又抹不开面子,还要一迭声催促小朋友叫爷爷。这种其乐融融的困境,常是由她来点破的,她用手拍一下老头子的背:"好啦,往前走。"然后在他恼怒的眼神里,朝邻居点点头,这小幅度的举动,像一串密码,暗示了她早年的性情和教养。等到下一次碰见熟人,老头子像领导视察一样大声问好时,她不作声,像少女一样默默盯着自己脚尖。

这可能是周围居民都喜欢她的原因。

——"老"是一个万能的托辞,当肉身拽着你飞快下沉时,人都能清醒感知到,在时光面前的衰朽和不堪一击,这种无力感,固然会引发"一樽还酹江月"的磊落感慨,但更多人,选择了跟岁月撒泼,一屁股坐在地上,拒绝用不再硬朗的腿脚,跋涉到下一个目的地。但凡有人稍稍抗议这行为不雅,她就拉扯住你的衣袖,历数少年时的桩桩委屈,盛年时的种种不易,把往事渲染成爬雪山过草地天若有情天亦老的澎湃画卷,逼得你承认,到了一个岁数,人就可以把规矩踏平成门槛。

就这样吧。还能怎么样呢。

我们都隐约感觉，他们和那些泼着嗓门闲聊的"老来伴"夫妻不一样，但究竟哪里不同，也没人认真追究——儿女也算出息，一家人都体面，接下来就等着80岁摆寿宴切蛋糕为一生盖棺定论了，还能有什么变数呢？

年纪一到，再多不甘也该伴着软糯食物咽下了，我见过很多老年人，明明年轻时男耕女织——男的在外耕人家的责任田，女的在家织自己的遮羞布，仍然把不堪过往美化成了激情燃烧的岁月，明明只是搭伴过日子连谁洗碗都要争执，仍然在金婚时哽咽不已说下辈子如果我还记得你。

——这并非虚伪，沉没成本太高了，一辈子苦也苦过来了，忍也忍下来了，就索性骗自己说，我完成了自己满意的一生吧。

都看得到终点线了，何必再质疑，最初是想游泳而不是赛田径呢。

可是老太太离婚了。净身出户，和子女断绝了关系，独自去租了一个小户型，过的日子和从前别无二致，就少了一个动辄摔杯子的老头子。

"那他们小孩子怎么讲？"我起身剥了个橘子，没挑好，酸涩的味道在口腔里弥漫开来，我皱着鼻子闭了闭眼。

"还能怎么讲啦，丢人死了呀。都在那边劝，要是实在吵不过，就跟着小孩子去住，大家避避开就好嘛。拗不过老太太硬要离婚，她儿子气死了，跟我们抱怨说，不知道怎么就非要离，难道是还有老相好等着？"

我把咬了一口的橘子全数吐掉，冲进卫生间去漱口。

我妈在那端绘声绘色地给我讲后续，她说："你爸爸听了骇死了，我就吓他，他要再那么忙，再过二十年我也闹离婚。"我捧场地大笑，假装没有听出，她花团锦簇的语气里，渗出来的幽微却真实的失落。我离家已经两个月，爸爸辗转于各城市，她的闲暇时间是怎么打发的，我没有问，也不敢问。她一贯地刚强，连生病做手术，都能自己签名找护工，过后轻描淡写一句带过，只是上一次，我刚想挂断电话，就听那头传来清脆的琴键声，她说："你不在，钢琴都落满灰了，我索性跟着你的谱子自己练。"

我把手指从结束通话键上挪开，又同她扯东扯西好一会儿，却唯独不敢问一句，妈妈你真的快乐吗？

这问题太矫情又缺乏意义，不快乐又能怎么样呢。子女不添乱，丈夫能赚钱，不就是大多数人眼里的"岁月静好，现世安稳"了吗？那些收拾碗筷时没来由的怅惘，独自逛街时袭上来的寒意，甚至失眠到凌晨3点的懊丧，都是人生毫无益处的副产品，它们只该成群结队地侵袭诗人的笔尖，平凡人需要的，

女神是如何砌成的

很多政治正确的人会说,女神跟钱没关系,精致是一种态度。

他们指认的女神无非是两类人,一是会过日子,不是单纯的精打细算,而是一种技术与艺术的混合,螺蛳壳里做道场的精益求精。说得再透彻点,就是能用五百块钱,过出五千块钱的生活质量。这个品质当然可贵,但也不难,我今年暑假在北京,靠抢代金券和搭顺风车,用比乘地铁贵不了多少的花费,大大提升了交通的舒适度。在当下,羊毛捋得好,生活品质高。

第二种就是陈丹燕在《上海的金枝玉叶》里介绍过的郭婉莹,永安百货的大小姐。四十岁前,人生美满得不像话:住在大房子里,穿长长的旗袍,侄子一身英童打扮,把小领带结系得又小又硬挺结实。爹爹挣大钱,在南京路上数一数二,自己上燕京大学。夏天时候回来休假,与兄弟姐妹开着黑色的别克是不假思索的浅尝辄止的快乐。

但毕竟有人不甘心，把"人生总该写首像样的诗"，误会成了"把人生活成一首像样的诗"，于是漏洞百出，于是自损八百，却让人在立冬的时节，触碰到了一点娇憨的暖意。

她的勇气是在哪攒成的呀？是默然盯着脚尖时吗，是在越剧《天仙配》的唱段里吗，是在那酿满甜香的花簇里吗？是要攒够多少勇气啊，才能不计漫长一生的浩荡成本，不顾儿女的议论眼光，选择重新来过。那不是放弃了一套房子或者一群儿女，而是放弃了给人生一个虚假的圆满句号的权利。

——哪怕已经看到了彼岸，哪怕听见了观众席上的鼓掌，哪怕精疲力尽很想入港，可是当我知道那不是我要的岸时，我还是掉头，往苦海里去。

车上街去兜风。结婚了,丈夫有趣也有闲,家里会摆高高的、装饰精美的圣诞树,周末晚上去上海最时髦的舞厅玩,交往的是电影皇后、名门后裔。

郭婉莹后半生遭遇坎坷,但她身段柔软、贴地飞行,居然以教养和韧性,尽可能地保留、重建了有美感有价值的生活。答主举例说她用煤球炉蒸蛋糕,这是真的,但也别忘了,她曾经和亲戚们一起,跟着从彼得堡皇宫里逃到上海的御厨点心师傅学做蛋糕和带馅的巧克力以及糖渍樱桃。

你不能因此就说"女神不是拿钱堆出来的",你只能得出结论,有钱还不一定能堆出个女神。

我一直觉得,女神应该算作一个行业,从事这个行业的人,需要耗费大量的财力、精力,还要拥有强悍的观察力和自制力。当女神是要始终提着一口气的,不能老,不能胖,只能忧郁不能忧愁,只能失手不能失态。她需要昂贵的面霜、乳液、精华、面膜来维持面孔和身材的巅峰状态,也需要源源不断的爱慕和赠送,来确保自己的定位和信心。

女神一般是从两种人进化出来的,一是天真娇嫩的白富美,二是家境平平的美貌女子。前者算是天资优越,有父母护航,家族作保,但也不是躺在闸板上睡大觉就能凭空封神。有野心会打算的白富美,照样负重前行,小小年纪就学语言、乐器、烘焙、花艺，接受精英式的培养，出国念书，学的大多是艺术和设计，回国后或瞄准人结婚，或接过父辈衣钵，或是在娘家的支持下，做一些感兴趣的门槛较高的工作。这类姑娘从小见惯了好东西，性格明朗，对他人防备性不强，亦舒笔下的勖聪慧就是这样的典型，她一时兴起坐经济舱，因此结识了喜宝，不但将她带入社交圈，还兴致勃勃地想撮合她跟自己的哥哥。这一类女神对奢侈品没有"集邮"般的冲动，去马代也只拍一角晴空，懒得用九张图交代自己的私人生活。但你能说她们的"克制"和"教养"，不是拿钱堆出来的吗？当然不。要怎么洗掉一个人身上的铜臭味？用更多的钱。

至于后一种，文学作品里已经写了很多了。运气不好的包法利夫人，一生都在纵跳摸高，触摸关于奢华和浪漫的幻觉边界，也有德伯家的苔丝，始乱终弃的老气故事，被贵族的儿子诱奸，余生都在为那次不慎埋单。运气好的一般要在现实里找。李嘉欣算，十八岁竞选港姐，美得石破天惊，但有什么用，跟倪震谈恋爱，照样要被姑姑亦舒暗里奚落，找点书香人家的优越感："他那些女朋友们出身才差呢……他要我升学，可是我得养家呀。"那句著名的"美则美矣，毫无灵魂"，笼罩了李嘉欣一整个演艺生涯，娱记都不用费心思点评她了，把这现成的评价搬来就成。

但没有灵魂又有什么关系呢？说到底，自尊、灵魂、敏感，这些都是人生的负累，彪悍的人生就该是简明扼要的，知道自己要什么，就咬紧牙关去嗲，去要，去拼。"嫁得好"跟"干得好"一样，都只需要讨好顶上的那么几个人，不需理会底下的议论纷纷，至于小报流言、网络评论，讲真，会被这些击败的人，本身就不具备做"女神"的素质。

放在阶层日益板结化的当下，没家底的女孩子想当女神，就跟没背景的年轻人想创业一样，都是一将功成万骨枯。女神可以没多少现金流，但不能没见过世面。很多小城市出来的，自视甚高的美女，都是在大学第一次见识了声色犬马的浮光镜。她们被大城市激发了野心、自卑，和欲望，那是读多少鸡汤都平复不了的。她们会猛然自省，意识到自己的出身是明明白白写在了口音、吃饭仪态和爱好上的，她们会跟原生家庭决裂，以美貌和好学为砝码，跟真正的成年人谈判议价。

这个过程非常惨烈。很多家境平平的漂亮女孩，通常都是从一个富家子弟那，获得进入上流社会的副券，以扭曲的心态，见证一遍衣香鬓影，花一到两年时间，了解各品牌的正确发音、当季流行、系列商品。这段恋爱多半是没结果的，但没关系，失恋对她来说，不是恢复期，而是筹备期。

接下来她要一个个爱过去，也会爱得越来越剔透，知道什么样的男孩子是有话语权的，什么样是任父母摆布的，什么样的男人是能教她投资的，什么样的只能给她买包做"溏心爹地"。精明的女孩子会把别人的馈赠转为自己的资本，有的去韩国修整，有的积累眼光，学着投资楼盘和男人，有的不断调整自己的姿态，从女伴的位置悄然挪移成伴侣。

要耗时多久，要心碎几次，主要看运气，也看胃口和眼光。但你别替她们惋惜，大部分家庭要花好几代，才能完成资本的原始积累，从田埂站到大厦，而她们仅仅用几年或者十几年，就完成一场漂亮的逆袭，这已经算老天爷赏饭吃。你也不用拿道德的标尺去训诫，去新天地转转，去高端 spa 会所看看，去各大酒店的下午茶区域坐一会，你会发现有多少脸上还有细细绒毛的年轻姑娘，摩拳擦掌，想要用恰到好处的笑容和温存，来换取优渥的被仰视的生活。

"自由"、"快乐"、"尊严"，这种词谁都会说，但看着真金白银、看着操纵资本乃至别人的机会、体味着从顶端俯瞰着整个城市的快感，真没有多少人能够全身而退，说算了算了，我不行的。

这一类女神不是用钱堆出来的，她们是从情爱的斗兽场里，一次次浴血重生。

行有行规，一心想做女神，就得接受规则的钳制。幸好，这个世界上获得力量的途径不止一条，除了美，总还有别的本领，来振作一个人的一生。我喜欢那些自带力量感的女性，她们的道路或许会迂回些，或许不符合普通人对"美满"的定义，但我总觉得，不为成功而活的人生，才称得上真正的成功，就像不想做女神的人，才有可能去定义女神。

恕我想做女二号

我烦透了拿一个逻辑不通的故事来开头,也懒得再借别人声口遮遮掩掩地说话,这种做法都太女一号了。而我的人生理想,是活成女二号。

女一号的特征是什么呢?我们不妨回顾历年的偶像剧,面孔是新的面孔,沿袭的却是老故事,从来都是一个善良的、单纯的、梦想是世界和平人人幸福的女生,平白无故交了好运。不管身份多么低微、命运何等多舛,都有一群我们想染指的男人,跋山涉水跨越重重阻碍,找到她,碰上她,爱上她。

当然了,她也有惨淡的一面。她一般得家庭破碎身世飘零,要扛瓦斯发传单打好几份零工,她通常都智商不够,经常被坏人的一个眼神或者一句暗示所误导,要和男主角误会好几集,她的出场不会太惊艳,导演得安排一个盛大的 party 才能让女演员的美貌重见天日。

所以我偶尔啃着鸭脖看屏幕里的男女用力哭笑爱恨,也会替女二号感到愤愤:怎么想的,不爱我就算了,怎么就非得去爱这么个人呢?

这种心情,可能最近张柏芝体会比较深。

女一号最让人恼火的,不是抢走了我们中意的男人,过上我们梦寐的生活,而是她的不知情。她永远无辜,永远天真,永远跌跌撞撞地奔走在情路上。她用她的善良,回避了一切关于对错的审判,用占据道德制高点的方式,巧取豪夺了一大片认同感。艾薇儿的金句,放在这些女一号身上同样适用:我没钱,不好看,智商低,但我是个好姑娘,我真心实意地爱着这个男人,所以我理所当然地应该获得他的爱情。至于那一堆男二男三,就当是专柜附赠的小样了。

所以她搞砸事情但毕竟出发点不坏,害了别人也仍出于好心,深夜谈心是不忍看你孤单,拉拉扯扯是情难自禁。她反复强调自己是个好姑娘,观众也接受了这个设定,于是她便拥有了"打遍天下无敌手"的勇往直前,获得了一切不可原宥的赦免。

相比之下,做女二号太难了。黏着男主角吧,那就是不独立,洒脱点吧,就是太不羁,想办法拆散男女主角吧,那叫蛇蝎,就算熬到最后一集选择了成全,那也不叫豁达,叫无可奈何。

所以你看，标签是多么重要，一旦预设了恶人的立场，不管再怎么折腾，也有人随时准备拍手看你笑话，再是千回百转的温柔心事，也被解读成"包藏祸心"。

可是，即使女二号那么苦，她仍然是我的理想。她们通常都好看，和女一号梨花带雨的好看不同，她的好看里混着欲望的芬芳气息，是一种生机勃勃的好看。从逻辑上来讲，女一号是不化妆也不做面膜的，她随随便便一裹就出门，就能赢得世界青睐的一吻。女二号却需要狠心节食减肥，需要花钱上私教课，需要用眼线笔和粉底液来武装——她的好看，是自己一手一脚挣出来的。小时候看偶像剧，很迷女主角在一地纸巾满枕眼泪中睡去的场景，落寞得很优美。后来才发现，镜头只记录了流畅的失意，省却了第二天双眼红肿的直白的尴尬。不管前一晚遭遇了什么，是狂风骤雨般的坏消息，还是委婉的惆怅，都要以卸掉隐形、敷上面膜而告终——这种活法是不够随性，也不够真性情，可是我总相信，成年的标志就是，把痛苦和沮丧，都消解在一桩桩郑重的日常小事中。

而且女二号特别乐意认领自己的欲望。她们愿意承认，加班是为了升职，减肥是为了约会，先生我此刻听你抱怨家里的太太，不过是想浅笑着怂恿你离婚。理论上说，和转角就能遇到爱的女一号相比，女二号曲折坎坷的感情经历，更能获得广大少女的同情。但是不，人民群众把平日里指认"心机女"的热情蔓延到了看剧上：你看她裙子那么短，肯定居心不良；啧啧，这么迟才回家，就是为了勾引他……现实中的成败胜负，大多都有迹可循，可人们还是更宽容稀里糊涂的好运，而不是目标清晰的努力。我们总是下意识地把欲望和肮脏联系在一起，把用心和算计混淆，把方式和手段合并，宁愿看灰姑娘不明就里地穿上了水晶鞋，也不想祝福门当户对的睡美人和王子喜结连理。

谁不想当女一号呢？除了服装赞助商只能是优衣库外，她们的一生，轻松得不像话——就算丘比特的那一箭迟迟没有落下，就算和男神活在两个平行空间，她们仍然可以通过攻击女二号，来获取心理满足感和道德优越感。她可以躺在各种不服不甘不忿之上，失去了解、学习、欣赏的可能，也免去了自省的必要。直到变成我们熟悉的那种老太婆，正义满满，中气十足，不管活得多么邋遢，都能以"好姑娘"式的"真性情"，像随地吐痰那样，随地骂出一句"婊子"或者"心机女"。

对我来说，成为女二号，就是自觉地从道德制高点上爬下来，从可能受害者的位置上走下来，自觉地放弃抱怨的福利，面对残忍的真相——不管是在职场的格子间里，还是情场的化妆间里，最终能毁灭你和成就你的，都是你自己。

至今仍然奢望郑伊健在茫茫人海中和我偶尔一瞥啦，深夜赶稿时也很想问问赌王还招不招五姨太，世间有太多拦路虎，我一个胆小鬼冒充武松，也常会乏力，想转身就跑。可是，在跌跌跄跄的行走间，毕竟还是咂摸出了一些女二号才能有的快乐——不必一脸懵懂地迎接命运，所有的爱恨都有明明白白的来处，所有的情仇都可以被清晰地记录。

那话怎么说来着，我宁愿被情敌尖叫着泼咖啡，也不想在谁的怀里，幸运到被忘记姓名。

共你同途偶遇在这生死场上

——写于天津爆破案之后

哪怕没有那些灾难,今天对我来说,也是很糟糕的一天。

睡了六个钟头,七点半起床,困得哈欠连天,隐形眼镜完全戴不上,只能暂缓下,先去洗葡萄。从盒子里拿出葡萄的时候,发现有一些出霉点了,难怪昨晚闻到奇异的酸味。把整盒葡萄丢到门口,只能挑了个橙子来切,刀很快,于是我手就很慢,等到把牛奶燕麦片和水果摆弄好,已经八点二十了。我们是规定九点上班的,今天又要迟到了。

干的工作完全是程序化的,属于越忙越困的那类,中午吃配送过来的沙拉,一掀开盖子,是冰草菊苣西芹,万里江山一片绿,连一块鸡胸肉都没有。下午继续干活,腿怎么放都觉得不舒服,大脑昏昏沉沉的,办公室里噼里啪啦的键盘声连缀成勤勉，可是私底下的群里，人人都在努力地，挨到六点。

我想了想，昨天吃的烤鸭很肥，还蘸了跳跳糖，今天清淡点，回去榨青瓜汁吧。

那种淡淡的苦味随即就泛上了我的嘴巴，我觉得时间更难挨了。

但今天到底是不一样的。一早醒来，就刷到了天津塘沽爆炸的新闻，切橙子的时候我想，小心点啊，受伤很痛的，然后我就切得更低速了。

中午吃饭的时候，我看到微信群里说，东莞塌陷了，陕西滑坡了，还有，有人在三里屯持刀杀人。

老实讲，最后一个消息，让我最恐慌，昨晚我和朋友吃完饭，还商量要不要去三里屯喝一杯呢，今天就在那，发生了切实的、恐怖的凶杀。

我吞咽冰草的时候想，真无助啊。

这些新闻带给我的，都是侥幸感，卑微的，不高尚的，但确实是发自本能的侥幸感。平日里我们常谈换位思考，但这个时刻，没有人会乐意去想"如果是我遭遇了这些……"或者是我家人，我们都甩甩头，继续跟进关注情况，把这个念头"呸呸呸"掉。

这种侥幸感,看起来自私,其实很凄凉。让我想起吴念真写过的,台湾小镇九份,在二十世纪七十年代频出矿难,在当时,一旦煤矿发生状况,家属便直接带上纸钱,在营救尚未开始之前,便一路烧纸一路祈愿。吴念真说,他童年最大的梦魇,就是在上课时听到矿区的铃声。那一道尖锐的警报,象征着又有事故发生。不一会,透着教室的门窗,所有人都会看到,从浓雾中疾步行来的一名中年妇女。她破雾而出,谁都不知道她会走向哪里,但几乎所有的人都在祈祷:"不要走到我的教室,不是我爸爸。"

不是我爸爸,那就是你爸爸。村里所有的矿工家庭都相熟,大家抱着极不厚道的想法,尽可能将灾难推给别人。可那妇女终于会走到某一个教室门口,叫上一个人人都知道的名字。随后,一个小朋友开始收拾书包,他将与她一同消失在不远的白色迷雾中,前去矿区收尸。

这种侥幸感,至今也频频缭绕在我们心上。

要怎么形容呢?就像是我们每个人都举着一个棋盘,然后命运随意丢落下来,名为苦难的棋子,人生是很难的,但有人难上加难。那些不幸的人,棋盘里密密麻麻的,撒满了棋,你我精通的算法，在面对这一把高深的棋子时，都显得那么徒劳。我们不知道它什么时候落下，也不知道会落到哪，我们只能高高地擎着棋盘，心里一遍遍地默念，不要掉到我这，不要掉到我这。

当然，有的人运气实在好，有人帮你照拂一把，挡住了几颗棋子，有的人心态好，说任凭你整盒棋子倾倒下来，我也不怕。

但不管怎么样，那些棋子掉在棋盘上的声音，还是干脆利落地，让人胆战心惊。

这两年热炒的 90 后创业者、精致的利己主义者、北上广青年，其实都在反应一个概念：阶层流动。我想这些励志的词汇背后，都带有一点卑微的盼望：我希望我的头顶，能有些遮蔽物，棋子掉落下来的时候，能有人帮我扫一扫。我希望我能用尽一切力气，来降低，我被棋子砸中的概率。

就像塘沽事件发生后，有朋友跟我推心置腹地讲：所以说啊，以后真的不能买开发区的房子，要买到市区去。

虽然静安区也有大火熊熊燃起过。

但我理解这种想法，侥幸感多么飘忽不可靠，但它能激励人，从不确定中寻求稳定，从随机性中谋求生机。那些所谓的优越感，其实捏碎了看，还是侥幸。

多去重症病房看看，去法院诉讼现场看看，你就能理解，为什么那么多人，铆足了力气舍弃了一切，也要往上爬。

我想大多数人，都是忙里偷闲，刷了一整天的朋友圈和微博。我们从不加修饰的惨状里，找到了自己幸福感的证据：活着多好，所以要好好活。

于是有人讲了，那为什么非要等灾难降临，才能想到这么直白的一个道理呢？

很简单，因为有太多事情阻碍了我们寻开心啊，是要等灾难烧光了很多欲望，你把对生活的要求降到了最低，才会觉得能被老板骂被伴侣甩被父母怒其不争，也是一种幸运。

正常人，平日里，谁会活成一碗心灵鸡汤，用感恩之心对待工作啊。

但发"珍惜当下"的心灵鸡汤，已经算是今天比较保险的选择了。

这种紧要关头，自拍肯定是发不得的，可是讲什么是妥的呢？

发双手合十的表情是廉价的同情，但一质疑政府，又会被说不懂轻重缓急；散布不实信息当然是不对的，可是一个普通公民，又哪来的义务和能力去核实？一被消防人员感动，就有人跳出来讲，你这是被成功转移了重点，可是你在微博上提倡"消防员职业化"，也会被指责马后炮啊。微信公众号们都难做，继续往日主题发红酒配送教日常穿搭吧，说你"商女不知亡国恨"，要是谈谈爆炸呢，又说你趁机营销。我想今天，大概只有天津本地人和消防官兵，是有资格挺胸抬头做人的。

我们除了识相地沉默，什么长进都没有。我不觉得我能因为这场火灾，就时时刻刻活得正能量，我甚至不能摁下不耐烦，说这一刻过得丰满而有意义；我也不相信多难兴邦这一套，靠，我还多病强身呢，苦难就是苦难，没什么可升华的；我对政府的不公开表示失望，可我要是一表达，就会有人批评我不懂政治。我是不懂啊，可是难道非要精通政治，才能奢谈公民权利吗？我对消防官兵，更多的是心疼而不是尊敬，一想到他们跟我差不多年纪，就觉得这可真作孽。

我像个没文化的老太太一样，只能拍着胸脯说"吓死我了"，我所拥有的，全是无穷无尽的侥幸感，就像看郜艳敏报道、电梯事件时一样。

只有"幸好我不是天津人，幸好我今天没在三里屯，幸好爸妈注意防范，我没有被拐卖"。

幸好当时，你我不在场。

我没法从这低到尘土的"幸好"中,找出什么正面意义,事件一过,话题一散,你我继续埋头,不是汲汲于富贵,也要换取一个嘹亮的功名。你我照样多多抱怨,少少庆贺,想起那些被不幸击中的人们,也只会喟叹一声,然后为着规避风险,更拼命地,汲汲于富贵,热衷于功名。

做普通人,是没有话语权,也没有保障的,而成为人上人的话,或许可以,多一块免死金牌。

哪怕历史告诉我们,被朱元璋发过免死金牌的那些人,最后结局都不怎么样。

但还能怎么样呢,总不能什么都不做吧,总不甘心,手无寸铁地跟厄运搏斗啊,总要拼命的,拼命地铸造一个盔甲,拼命地给自己信心吧,至于盔甲质量怎么样,那是另一回事了。

而跟你同途偶遇在这生死场上的我,又能做点什么呢。我也只能给就近的人,一个凄凉的,但是足够用力的拥抱了。

活出来的黄金时代

最近两个文艺青年大红,一是许鞍华的《黄金时代》里演绎的萧红,二是捡回十一年前旧爱的王菲。

两人有共通之处,都才华横溢,萧红的《生死场》写尽东北的苦难和挣扎,王菲的每句歌词都可以拎出来附在自拍上;都有股为爱而活的劲,萧红为了端木远避香港,王菲为了窦唯在胡同里倒马桶;都有被热议的感情生活,二萧的分分合合,都是左翼文坛的大事,而王菲一条微博就让娱记失去了周末。但两人还是有区别的,最明显的一条是,王菲有钱。

我读萧红,最大的感触就是,她真的太穷了。她总是在挨饿,在为了面包和盐巴争取,为了席子和被子争取,她不断地被房东驱逐,被他人周济。她甚至穷到要去偷,要去恨,要跟情人为此争吵,张爱玲形容人生是爬满虱子的华美袍子,虱子归虱子,但那袍子是显而易见的好裁缝手笔。可萧红的人生,就像落满跳蚤的破铺盖,破得很直白,没有一点唏嘘的美感。有时候我甚至会促狭地想,她写东北底层妇女写得那么好,不过是因为她更加"深入生活",深入到她自己本身就是一分子。

研究萧红生平,时常会把一些读者逼入困境。我们都愿意同情她封建家长做主的婚姻,但尴尬的事实是,她反抗包办婚姻出逃后,又突然跑回来找她未婚夫同居。似乎她当初的出走,并不是抗拒这个名叫汪恩甲的年轻人,而是她实在太迷恋拒绝本身。她抗拒理所应当的美满结局,热衷于曲折反复的柳暗花明,所以她宁愿把一桩名正言顺的婚姻,变成让双方家长都接受不了的放浪形骸。她和萧军、端木的纠葛是文坛出名的三角恋,可她活着的时候,他们都干脆地放弃了她,反倒是在她去世之后,她成了他们深情怀念的对象,他们抱着对萧红的怀念,像是别着一枚特别的荣誉勋章。她生育过两个孩子,或夭折或送人,最终孤身死在香港浅水湾,留下的遗言惨淡得让人不忍看:平生遭尽白眼,身先死,不甘,不甘。她终于用被嫌弃的一生,活成了一个哀婉的传奇。文艺青年们把她供奉在桌案上,献上虔诚和爱慕,可萧军说了:她单纯、淳厚、倔强有才华,但她不是一个妻子,尤其不是我的。

读过萧红散文的人都知道，其实她文笔清清淡淡的，像个没心没肺的孩子坐在家门口饶舌，可我每次读，都只觉得酸苦。即使是记录她和萧军最浓情蜜意的时刻，我仍然在密密麻麻的爱意里，嗅出了隔夜面包和不洁毯子的气味。她一生都致力于爱，以至于没有顾上经营自己，她的文字是好得浑然天成，却多少显得仓促；她总是笨手笨脚地得罪人，以至于把鲁迅家当作避难所；她甚至缺乏自理能力，总能把生活搞成一团糟。虽然《黄金时代》里，高喊出求解放、要自由的口号，可说真的，萧红始终像是一个包袱，裹在时代的大潮里面，被男人漫不经心地扔在肩上。她的黄金时代，是拥有"想爱谁就爱谁"的资格，却总是为爱碰壁，是拥有"想怎么活就怎么活"的机会，却从没有驾驭生活的能力。她一生被贫病追逐，被错爱伤害，她的那些选择，听起来惊世骇俗，其实多少有些身不由己。就像她和萧军的爱情，听起来威风凛凛，其实贫贱夫妻百事皆哀。

　　相比之下，刚过完45岁生日的王菲，才真正处于人生的黄金时代。论地位，即使春晚跑调少有新作，天后的地位无可动摇；论经济，投资眼光精准早已不将钱财放在心上；论感情，哪怕离婚了仍然是李亚鹏心目中的高中女神。更何况，在别人都猜测她潜心佛法从此遁入空门的时候，她轻轻捡起十一年前的旧爱，给当初戛然而止没有挥霍干净的感情，补上一个轻轻巧巧的后续。

只有把自己人生经营得足够好的人，才能在混浊的中年提及"爱"这个轻盈的字眼。王朔有句名言，说中年人的爱情都很脏。很奇怪，他们这一段却称得上"纯情"，明明两个人都不是善男信女，一个常有吸毒传闻，一个被骂不顾子女，但这两个人在一起，却让那些缠绵的情歌变得有迹可循，让那些唱哭过我们的旋律坐实了根据。可能是因为，这一次相遇，彼此都已经落地生根了，和十一年前相比，少了提携的嫌疑，和张柏芝那段相比，少了动辄生生死死的壮烈。他们都是真正的"大人"了，经济独立，行动自由，吞得下爱恨，也担得起责任。他们的相处，至少就报道来看，轻松、愉快、不轰烈、不苦情，和二萧比起来，可能在精神层面的深度是差了点，可画面却是好看多了。

萧红一辈子追求解放，渴慕自由，却一生都为钱所困为情所苦，两个孩子或夭折或送人。反观王菲，有孩子也有房子，有真爱也有真金白银。她的良好状态，一方面得益于肉毒杆菌玻尿酸，另一方面也来自生活的稳固。由此可见，"黄金时代"不是喊出来的，而是活出来的。当你有能力安排自己的生活，你才有能力不拖泥带水、不含杂质地爱一个人。

真的，不管学生时代的初恋画面多么唯美，不管人们怎么把文艺青年的仓皇出逃标榜为"海阔天空"，我仍然相信，两个摸爬滚打过污浊尘世，犯过错挨过打受过骗的人，用不再干净的手捧出真心的刹那，最动人。

生怕尘多累美人

我时常想，我要是个男人就好了。首先没人会再谴责我的笨手笨脚，烧不好菜也没事，能煮熟一碗泡面，就算略通厨艺，要是还知道加个荷包蛋——那就是暖男了。哪怕同样陷在爱情这个漩涡里，男同学们的姿态总是更平稳些，不会反复解读一句若有似无的情话，也不会锲而不舍地讨厌前女友，你们叙个旧的工夫，她已经在心底排练了七出《甄嬛传》。《诗经》对此做出过精辟的解读："士之耽兮，尤可脱也；女之耽兮，不可脱也"。女人顺着感性的飞瀑下坠时，只顾着体会眩晕感，没法抵抗爱的重力加速度。而最惨的是，我们花在"脸"上的时间和功力，都太多了，多到阻碍了在学术上的拓展，多到成了沉重而精美的锁链，舍不得解开，也无力挣脱。

粗粗估算下吧。从起床洗脸开始，洗面奶、护肤水、乳液、面霜、防晒霜依次排开，对"美"这个贪婪又脆弱的君王而言，它们是近乎左膀右臂的存在。而倘使那天决心化妆，就得动用隔离霜、粉底液、睫毛膏、眼线笔……至于鼻影、遮瑕膏、抗皱眼霜、瘦脸面膜，那是更高深莫测的戏法了，光是观摩就够我眼花缭乱。大多数女性从 20 岁起，就要和这些瓶瓶罐罐打交道——这可能是我们一生中，做得最纯熟的一门功课，回想一下，第一次接触"cream"这个单词，是不是在强生润肤乳的瓶子上？文科生对"玻尿酸"和"肉毒杆菌"的理解，是不是源于报纸对女明星保养秘方的追踪？平日里连生抽和老抽都辨不清的姑娘啊，说起各款唇膏在显色度和滋润度上的差异，口吻亲切得像是谈论闺蜜。

是从维秘天使走下 T 台开始吧，光有一张甜美的脸就不够了，还要瘦，要恰如其分地瘦，要有光泽有质感地瘦。断食法早已落伍，女性朋友们都涌向了健身房，踩单车举哑铃请私人教练，像我这种坚持慢跑的，属于运动中的保守派，减肥党里的中庸者。在那些两腿发软意志摇摇欲坠的时刻，我一般会在心中反复喊口号，什么"管住嘴迈开腿"，"今天不流汗明天就流泪"之类的。盛夏的晚上，我从健身房晃出来，经过人声鼎沸的烧烤摊，在生煎包、鱿鱼串、珍珠奶茶和鸡蛋灌饼的喷香里穿行,总会有种"正确者的失落感",就像过一周末日洪水就要来了,他们还在通宵达旦地欢宴,我一个人乒乒乓乓地给方舟扣紧螺丝钉。

明明边打字边吃糖,却莫名嚼到了一嘴的心酸。

要是大家都苦苦挣扎在美的第一线,那也就没什么了,主要问题是,有一小撮人——就那么一小撮不安定分子,不必大动干戈开疆拓土,就拥有了一张山清水秀的脸。美貌对她们而言,类似于三餐一宿,类似于餐巾纸、文具盒、保温杯,反正就是能随手拢作一堆的物品。很多人早忘了当年班里常考第一的是谁,被老师频频表扬的是谁,检查眼保健操的纪律委员是谁,却对中学时代的班花久久不能释怀。在我们对自己的长相束手无策的年月里,她们承包了青春期几乎所有的亮色。我们都印象深刻的那张脸啊,薄脆细致得像个玻璃酒杯般盛着光,看着它,你会觉得唐人的咏叹是真切的:"葡萄美酒夜光杯,古来征战几人回。"班花们用黑色皮筋扎起马尾,碎头发茬子落在后颈,就像落了一场毛茸茸的细雨;她们通常都文静,偶尔被老师提问到,轻盈地站起,连背影都是明晃晃的,有一肩的璀璨星光。

谁还在意她答得对不对,男同学们紧盯着她,我们假装不屑地埋头画重点，墨水笔在书页上留下诡异的字迹，就像我们毫无逻辑的嫉妒和近乎本能的向往。

谁说众生平等，连一生被注目的次数，都有着千差万别。

谢天谢地，我们毕业了。"美"，终于不再是一个狭隘的小众名词，它开始通行于世。

用大数据来解读比较有说服力吧——毕业照上，女生有大约三分之一是单眼皮，而一年后的同学会上，单眼皮只剩下了三个。据说许多父母送给孩子的成人礼，就是一趟韩国行，家长们振振有词：去什么马尔代夫巴厘岛啊，有了一张拿得出手的证件照，就能通行世间。

同学会一聚再聚，就归纳出了些别样的心得。往日泯然众人的女孩子，哪怕脚踩十公分高跟鞋，提着气势汹汹的名贵手袋，仍然有种心虚感，她们的好看，都是一手一脚挣出来的。而高中时的班花，素着脸，罩件宽身T，空落落地站在那，整个人像件洗旧了的名牌毛衣，柔软，坍塌，却带着旧日光景的余晖。

回来后和朋友感叹，人工雕饰的美人，是能一眼辨别出来的。这可能就类似，贵族和暴发户的区别：前者对美有种漫不经心和恣肆，后者则是维持着用力过猛和谨小慎微之间的消长。前者胆敢把脸埋在枕头里揉成一团,而后者,哪怕心碎了一地,仍然踮着脚尖绕过碎片,对着镜子审视细纹。举个最一目了然的例子,奶茶妹的新闻配图从来乱搭,而五官谈不上精致的张雨绮,无论何时何地被逮到,都能被选为模范街拍。怨天尤人一阵后,我们互相宽慰说,伟大的哲学家马克思告诉我们,贵族难免没落,笑到最后的,都是新生资产阶级啊。

在这个全民看脸的时代,美貌几乎标定了人生的规格,谁要是再试图探究灵魂,就成了一件特别不入流的事。美从一团袅袅的烟雾,具象成了一堆不容商榷的数据和规范,一个带有压迫性的斗兽场。我们眼见着一群清亮如釉瓷的少女,用短暂的欢颜交换一时的安定,用流转的眼波俘获一批耿耿忠心——其实她们没什么坏心眼,只是持着青春的利刃,就会忍不住胡作非为。但斗兽场的残酷之处就在于,你无法喊停这循环般的竞争,总有更年轻的阿修罗出现,更葱郁的杏眼桃腮冒出来。泱泱中华,最不缺的就是鲜妍的脸,你赢了这一轮队友,扭头一看,又有人逞着肌肤五官的凶狠之美劈头盖脸而来,真难想象,那些只恃美貌行走江湖的人,得死而后生多少个轮回,才能站直了没趴下。

可是八卦如我，偶尔反观港片鼎盛时代的女星们，发现在这群美得难分伯仲的人之间，命运仍然悄声判定了高下。三十年前都是无可挑剔的美貌，三十年后，有的潦倒至需要旁人接济；有的打针打到面庞僵硬，只能露出象征性的笑容；还有的挑挑拣拣，仍在富商身边盘桓，跟比自己小好几轮的后辈争风吃醋。在知天命的年纪，能够体态轻盈、笑容饱满、面色和蔼的，是钟楚红林青霞们，是那些不止进取也懂后退的人，是在每个年龄阶段都能获得心灵成长的女明星们。

能够把人捧到巅峰的，是资质和天分；可是能让人平稳下滑、最终安全落地的，却是性格。

必须承认的是，人生本身就是一个逐渐走下坡路的过程，你体力衰退、容颜渐老、记性变坏、脾气变急。爱也是一样。"爱就是看爱消失的过程"，恋人变得不耐烦、不体贴，乃至最后不忠贞，都是合情合理的变化，不需要大惊小叫。精心维持的美貌，或许能让这个衰退周期变长，但练就一些通透的智慧，才能让你以开放的姿态，接受生命豁开的口子、无法修补的遗憾。

女人都是同行，都在朝"美"的终点奋力前行，我也不能免俗地裹在这嘈嘈切切的声浪中，你追我赶的比拼里。但我仍然期待，若干年后，当隔座送钩的春酒已冷，分曹射覆的蜡灯成灰，你我隐约浮现的皱纹下，能蛰伏着一张善意的诚恳的、不再被欲望牵动、也没有被尘埃覆盖的脸。

姑娘不漂亮

我人生中遇到的第一个彻头彻尾的土豪,是我高中室友,景丽。

高一结束时,我们分了文理科,也顺便重新分配了宿舍。我跟我妈为了要不要在寝室装穿衣镜而僵持不下时,一家子人拖着几个巨大的蛇皮袋,挤进了我们宿舍——其中那个规规矩矩地穿着整套校服,踩着崭新耐克球鞋的女生,就是景丽。这一身打扮其实稳当得无可挑剔,只是鞋子太新了,新得太过举轻若重,反倒露了怯。衣物是旧一些的好,有明显折痕的领口、脱了线的袖口、磨圆了的鞋尖,都能让一个人来历、身份、野心扑朔迷离起来,而簇新的东西,就像一块透亮的玻璃,干净归干净,却什么都瞒不住。

当然我妈顿时就来劲了,戳戳我说:"你看,像人家这样每天都穿校服,哪要用到镜子?"过了一会儿,她又悄悄把我拽到一旁,"平时自己东西归好,丢了东西大家都尴尬。买零食的时候记得给同学带一份,特别是那些家庭条件不太好的。"我嚼着口香糖,随着她讲话的节奏一记一记点头,我妈看得心烦,又随手捏了把我的脸。

事实证明我妈多虑了,当时还没有发明"土豪"这个词,可是景丽真是它的最佳注解。

土体现在,送走了爸妈,我们就想溜出去聚餐,各自掂量了一下生活费,最终决定去必胜客。我们一行人吵吵嚷嚷地走在前面,景丽跟在最后面,她始终没有参与话题,却跟得很紧,像是一只出来遛弯的小动物。到了必胜客,我们互相传递菜单,说每人点一样,轮到景丽的时候,她脸涨得通红,几乎是整个人都要埋进菜单里了。过了会儿,她像是下了一个巨大的决心,颤抖着指了指烤翅:"我只吃过这个……要不就它吧?"她惴惴不安地寻找周围人认同的眼神,最后定格在我身上,我随便点点头,一个神奇的念头突然降临:"景丽,你不会没吃过必胜客吧?"

她愣了下,然后轻轻地蹦出一个"嗯"。

而豪体现在,盘子差不多都清空的时候,景丽突然羞怯地招呼了下服务生，我怕她丢脸，刚想说有什么事情跟我说，就听见她用细细的声音说："带我去付钱吧。"然后她转过身来，对着我们一桌子人嫣然一笑，"我请大家吃饭吧，我什么都不懂，以后还要大家多多关照。"我上铺的谭璎迅速地打断她："别，景丽，照顾你是应该的，你省着钱买点自己喜欢的，别老想着请客……"

这里的"……"，作用不是省略，而是真实的空白。

——景丽打开了她的钱袋，就是那种老太太买菜的专属钱袋，我们的客套都被里面一捆捆的粉红色镇住，留下"……"虚弱地浮在半空。

后来我们都恪尽义务地自我介绍，可是印象深刻的，只有景丽那寥寥的几句："我们家在金华的一个镇上，我高一是在县里读的，刚转学过来。我爸妈很早就去广东了，一直是奶奶带我，所以，我要是有什么做错的，你们千万别笑话我。"

我们都友好地表示不会。

她顿了顿，又一脸羞赧地说下去："其实我挺自卑的，你看你们都去过那么多地方，会那么多乐器，我呢，我连名字都特别俗气。"

我攥住她的手，及时地纠正她的想法："哪俗气了？《红楼梦》里嫁最好的，就是元春，你看你们俩名字多像，都大气、端庄、主流,前途无量。"

她反握住我的手:"你懂真多。"

我在心里回夸她:"你钱真多。"

当我们高谈阔论爱的时候,我们常常想的是钱,而当我们不再忌惮谈钱的时候,离爱反而更近一些。当我们需要在校服外面裹一件羽绒衣的时候,我和景丽已经成了密友,每次我帮她在淘宝上买了点小玩意或者带她去了一个大众化餐厅,景丽都会诚恳地感叹:"叶蓁蓁,我要是男生就好了,你这么可爱,我真想娶你啊。"

我看着楼市广告牌上的"坐拥吴山,起价八万",也发自肺腑地抒情:"真的,你他妈要是个男人就好了。"

好了,前情提要差不多了,接下来,就该让她的故事开始。有时我觉得不公平,男人们的故事,有太多的权谋、利益,甚至身家性命牵扯,而姑娘们的颠沛流离,说到底不过是在人群中多看了谁一眼。

景丽是个老实学生,抽背时大家都默契地低下了头,单她一个,大胆地偷觑了老师一眼,就被喊起来背诵全文——其实她全无准备,那一眼完全源自本能而非暗号。但她又能怎么辩解呢,只能硬着头皮,从脑海里抠出相关的仅有的记忆,一字一句，死撑下去。就像她的恋爱。

哦，前情提要里漏说了一点，我们高中氛围很宽松，马路对面，麦当劳茶餐厅汉庭锦江之星一字排开，充分满足各式需要，所以学生组建一个乐队也就变得很理所当然。那年元旦，乐队借用了学校的扇形教室，做了一场演唱会，上千人拥在礼堂里，于是你分不清那燥热是来自台上的歇斯底里，还是身边人偷偷握紧的手。

主唱是年级里出了名的拉风男生，叫林盛，春水初生、春林初盛的林盛。他背着吉他，从《海阔天空》唱到《光辉岁月》，粤语咬字很标准，跟侧脸一样标准。我坐在倒数第二排的位置，边发短信边瞧周围人反应，顺便抓拍他们摇头晃脑的表情，收相机时，我发现坐我旁边的景丽，脸红得吓人。

我凑到她耳边，大声问是不是有点缺氧，她抓着自己拥堵在脖子上的毛衣领子，尴尬地点点头。

我想她连BEYOND都没听说过，大概对这场面过敏，就问她要不要出去。

出乎意料的，她摇了摇头。然后她酡红着脸，指了指台上唱弯了腰的林盛说："他是我们学校的啊？很好听啊。"

那晚后来我没有再顾得上景丽，第二天肿着脸在食堂碰到，她捏着搪瓷碗的边，小口啜饮着豆浆跟我说："我打算学吉他。"

她又把小馒头蘸了蘸豆浆，慢悠悠地扔下另一颗重磅，"老师也找好了，我就想跟着林盛学。"

我只能跟着晃悠悠地笑："那林盛这算是卖艺还是卖身啊？"

景丽没理会这打岔，继续认真地公布她的计划："我今天放学就去找他，我算过了，我们可以一道去外面吃晚饭，然后他教我一小时，刚好赶上晚自修。就是以后你得替我放个风，要是我堵在路上，你就帮我跟老师说肚子疼去上厕所了。"

她热切地盯着我，眼神里有点羞赧，还有点抱歉，可是更多的，是燃烧殆尽后的空洞——我见过那眼神，爸爸喝醉后就是这样的，爱情有时和酒精类似，都让人跌坐在地上，站不起身来。

我只能淡淡地说，你先成功拜师再说。

按理说话题该结束了，可是景丽咬了咬筷子，就像那天点鸡翅时一样，小心翼翼地问："你那瓶粉底液，能不能借我用一下？"

那时候化妆还是个值得欲言又止的话题，女生的素颜还不止停留在美颜相机里。我偶尔要参加活动，于是特地准备了一瓶粉底液在寝室。

我答应了，但问题是，我当时并不懂得化妆步骤，也没有练就上妆手法。只能依靠平时别人帮我化妆的记忆，一点点往上抹——觉得太白了，就用手背蹭掉一点，哪里有痘印，就多抹一些。好不容易折腾完，景丽凝视了一会儿镜子里的人，转过头对我说了声"谢谢"。

我摆摆手："搞定他了要请客。"

她拜师的细节我无从知道，也没有发问，只知道那个晚自修，景丽的草稿纸铺满了两张桌子，而她一直在轻哼"哪会怕有一天只你共我"。

接下来的走势，就和泛滥的言情小说类似，胆小怕事的女生开始逃晚自习，开始躲进厕所发短信，开始在熄灯后站在走廊里打长长的电话。而这段感情的最高点，是五月初的第二场演唱会上，林盛在唱完了几个固定曲目后，握着话筒对着台下一片迷茫而燥热的空气抒情，他说接下来这首歌要送给一个女生，她陪他过完了一个温柔的春天，他想送她一个美妙的盛夏，他为她在台边留了张椅子，想请她上台，最近距离地听他唱这首歌。

满场的嘘声里，他念出了景丽的名字，也报出了歌名——何勇的《姑娘漂亮》。

有男生开始不怀好意地笑，因为坐在椅子上的景丽，和这歌实在不搭——穿着碎花衬衫和九分牛仔裤，微胖，短发，肿胀的单眼皮,她像是刚从数学课上穿越过来,还用那种凝视三角函数解法的眼神,凝视三米外的男生。

我做了我高中时代最有勇气的一件事,我学着男孩们的样子,吹了一声口哨——你知道的,普通人一生,并没有多少被注视的时刻,不管这短暂的扬眉要用什么来偿还,我都想尽力成全她。犹犹豫豫的口哨声,渐渐此起彼伏开来,从我的角度看过去,景丽局促的笑容里,分明潋滟着风情,那是老实的、无害的、低眉顺眼的,却也艳帜高张的风情,但17岁的男孩们,怎么能理解那些呢?

林盛比汪峰幸运多了,围墙把学校和市中心的高架隔开,没有其他新闻能够抢占头条,所以他们理所当然地当了一个月的话题人物。一群又一群的女生,花枝招展地来我们班参观景丽,她们用手掩着嘴巴,但惊讶声还是不遗余力地漏了出来:"长这样啊,怎么想的。"

其实《姑娘漂亮》这首歌,实在不适合表白,连交个女朋友还是养条狗都想不清楚的人,一般是不会有女朋友的。歌词里只有一条和现实严密地吻合了——林盛和景丽一样,是学校里为数不多的天天穿校服的人,但没人会讥诮他这个,一是他把宽宽荡荡的校服,穿出了挺拔的气质;二是我们都知道,他是真没什么余钱买衣服。当时我们高二,刚学完世界地理,顺便也帮自己建立了混混沌沌的世界观，我们结合报纸社会版、阿六头说新闻，以及饶雪漫的青春疼痛系列，自主摸索出了这一段感情的真相——涉世未深的少女爱上偶像歌手，一方用情一方贪财。

这样的议论总会刮到当事人的耳朵里，午饭时我试探着问景丽，你们俩出去玩，通常是谁花钱。

"我啊，"她舀起一大勺蚕豆玉米，圆润的蚕豆稳当当地盛在勺子里，一颗都没落下，"哎，我比他家境稍微好一点嘛，你也知道，他爸爸瘫痪好多年了，全靠妈妈一个人养家。反正我也没什么别的花销，就正好我出钱啦。哎呀，有什么关系呢，他教我吉他也是免费的呀。"

我就像京剧里那些讨人厌的奶妈一样，用世故的口气循循善诱："可是景丽，你们家境差距那么大，你就很难确保，他跟你在一起的目的完全是纯粹的……"

"我知道啊，"她仰起脸跟我对视，我们坐在窗边，阳光把她原本平庸的五官勾勒得精巧起来，"有什么关系呢，爱一个人，本来就包括他的全部，他爱我的时候顺便接受我的钱，这不是挺好的嘛。"

那一瞬间，我发现一直被我们当成寝室吉祥物活动赞助商的景丽，其实一点也不傻。她预先给周围的环境投下了皮革马利翁式的期待：你是好的，你是温和的，你理应好好待我。她貌似浅薄地抓住这个世界那层薄薄的善的表皮不放，像是揪住一种承诺、一份合同不放，周围的环境也只好时不时地履行若干条款。怎么说呢，就像她花了一个下午把寝室地砖擦得锃亮，我们就只好换上了全新的拖鞋，她规定了一种节奏，莽撞者在她这里，也只能变软变慢。她其实是个春风杨柳版的孙悟空，用隐形金箍棒划了一个保护圈给自己。

我没再替她瞎操心每周两千零花钱的去向，说到底，我"坐拥吴山，起价八万"的梦想，还是要靠自己完成的。

我转向了另一个实际的问题："你爸妈知道了吧，他们什么反应？"

景丽她爸，是个非常简单粗暴的人。期中考试后，学校组织开家长会，班主任讲了一堆高考形势日益严峻的废话后，让爸妈们谈谈，对孩子的未来有什么期待。大多数家长跟我爸妈一样，哪怕心里恨不得我去哥大，嘴上还是非常开放地表示，对孩子没有什么硬性要求，只要健康、快乐就好。但是景丽她爸不一样，他斩钉截铁地说，要让景丽上人大。在满场的注目礼中，她爸理性地阐述自己想法的来由："我一个朋友，花了三百万，把孩子送进去了，我也愿意为景丽花这个钱。"

这段子经由父母们摇头晃脑唉声叹气的转述，在年级里风靡一时。那年我生日,景丽问我想要什么礼物,我哀哀戚戚地拉着她的手说:"你知道高考随机性很大的,要是我实在考不上,麻烦叔叔让我们俩接着做同学。"

我一边啃排骨,一边暗自揣测,搞不好景丽她爸大手一挥,就把这对痴男怨女送进了人大,这么一想,我又心理不平衡了,妈的,林盛就这么抢了我的教育基金。

我不知道景丽她爸到底允诺了林盛什么,我们只能看到林盛的脚上出现了当时还很新潮的 NB 的鞋,虽然仍然罩着单调的校服,但内搭的 T 恤却明显有了不同的图案和质感。即使年级里还有凉凉的挑拨,我仍然觉得,这一对是要柳暗花明了。那晚我们寝室聚会,我上铺的谭璎大力拍打着枕头,随手丢下来一句:"要不把林盛也叫上吧?"

我们是在楼外楼吃饭的,那是我第一次跟同学围坐在圆桌前正式地聚餐,我们互相布菜,把松鼠鳜鱼转到对方面前,甚至学会了有模有样地干杯。林盛话很少,一直专注地替景丽挑鱼刺,反倒让我们挑不出什么刺。吃到后来,17 岁的顽劣本性开始显露,我们玩起了大冒险,有人被派到隔壁桌去搭讪,有人跑到街上抱着电线杆子大喊"这是我的地盘",轮到林盛的时候,他的上家谭璎把西瓜籽一粒一粒吐出来,用餐巾纸擦了擦嘴说:"我们来玩真心话吧。"不等我们抗议,也不待林盛接腔,她就把问题轻轻巧巧地丢了出来："第一个，你真的喜欢景丽吗？"

林盛愣了一下，然后低头瞧了眼蹭在他怀里的景丽，点了点头。

"第二个，你为什么喜欢她？"

"她……善良，懂事，性格好。"

谭璎没有纠缠于这感动中国式的答案，她继续发问："那你愿意跟她一辈子在一起吗？"

我把筷子搁下，假装看不过眼地拍了下谭璎的肩："别吓他，谁会刚恋爱就计划过金婚纪念日啊。"

林盛用感激的眼神注视我，我别开了头。

回去的路上，林盛和景丽一辆车，我们几个挤在狭小的出租车后排，一起埋怨谭璎护犊心切，硬生生把一出偶像剧敷衍成了家庭伦理剧。谭璎罕见地没有反驳，我想去拉她的手，却发现她紧紧地揪着座位上的布罩，肩膀轻微抖动着，乱了车窗外的夜景。

高考一结束，我们就搬进了学校的四进，成了又一届高三生。景丽她爸特意从深圳回来，带了几瓶从名字拗口的山庄里酿造的红酒，说要请我们宿舍吃饭，给我们鼓劲。当然，他顺便也请了林盛。

——那不是我最后一次见到林盛，却是我印象最深刻的一次。他罩着宽大的短袖校服，裤脚处扎了巧妙的结，脚上踩着一双棕色凉鞋，我很熟悉那双凉鞋，高一的整个夏天，他都拖着这双鞋，一年不见，我以为他早把它扔了。

但他的打扮都不及他牵着的手更让人瞩目，嗯，狗血的情节从来都不难猜到，那不是景丽的手，那纹理细腻的手来自谭璎。

接下来的走势简单粗暴，却又异常好看，景丽她爸起身就要把一瓶红酒砸到林盛头上，有人预备好尖叫了，我捂住眼睛，我特别怕血。

但没有，景丽把她爸拦住了，她带着她惯有的、体贴的温存的甚至带点怯懦的笑容说："爸，我知道这个事情了，我们就想今天跟您说明白的。"

后来我们反复探讨，为什么林盛要用如此狗血的方式摊牌，我猜可能是因为，那时候我们都还学不会体体面面地结束一段关系，还活在五月天陈绮贞的歌词里，每一段变更都要足够激烈，而爱恨都应该带血。那时候我们连跟男朋友吵个架都会发人人状态，不像后来，接到结婚请柬都得试探性问一句，还是那个谁吗？

夏天快结束的时候,景丽告诉我,她要出国了。当时我们都在补课,我一边分析社会主义优越性一边回复短信,连安慰都有点力不从心。有钱真好啊,连纾解失恋的方式都不一样,就像地震冲击日本和海地,一瞬间的强度或许一致,可赈灾能力的差异,才决定了地震破坏力的大小。

我想了想还是说,我来送你吧。

我们的道别来得舒缓而轻松,我们没有提及林盛,也没有谈到谭璎,我们甚至巧妙地避开了班里其他人。我说英国男人普遍秃顶,你那么矮,一定要骗他蹲下来,仔细检查发质。我说真羡慕你呀,轻轻松松逃脱高考魔爪,我这辈子没可能成为你了,只能发愤图强成为你爸。

景丽撇撇嘴说,你别想做我后妈就行,然后我们拥抱,她在我耳边喟叹了一声:"我真希望我像你一样,读书那么好,这样爸妈就不用费心把我送出国,我能多陪他们两年。"

这是那场告别里,唯一的伤怀时刻。想想挺讽刺的,恋爱的时候,我们总是想方设法往外跑,不断地用"知道啦"来搪塞父母的催促,用"你懂什么呀"来截断他们的怀疑。直到花光所有的热情,就像小孩反复揉捏口袋,也没有找出一枚硬币,才想到回家去。

我想起在来时的路上,脑子里盘旋过的几个念头。谭璎现在时常哭穷，故意在我们面前说约会地点从星巴克降到了奶茶店，她要攒好久的钱才能送林盛一副耳机。我觉得这做法挺无聊的，但也只能任由她反反复复地念叨，当我们年轻的时候，总误会爱和贫穷之间，有着天然不可分割的联系。

就像卓文君要当垆卖酒，有时候物质的匮乏，能给予我们一种温暖的错觉，让我们相信它背后的支撑力一定是纯粹的爱。

我很容易就想起，在窗边明晃晃地笑着，对我说"他喜欢我的钱又有什么不好"的景丽。年级里对于林盛和谭璎的恋爱，倒是普遍持以激赏态度，他们说林盛总算放弃了那个女人的钱，总算从无谓的虚荣心里挣脱出来，毕竟，比起莫名其妙地交了好前程，还是拥有一个漂亮女朋友，比较不容易招致妒忌。

我看着依然微胖、短发、眼皮肿胀的景丽，难免有些替她不值。看《白毛女》时，谁都咬牙切齿黄世仁的横插一脚，却从没有想过，万一黄世仁对喜儿的感情，偏巧就是爱呢。我们总觉得握有更多资源的人，就只能有稀薄的真心，即使被欺瞒被拒绝被抛弃，也是活该大过不幸，我们总是忘了，一开始谁的感情，都是一杯没有勾兑过的酒，都有过酩酊大醉的时刻。

但我不必对景丽说这些,她即将去往一个雾蒙蒙的国度,这些往事,都可以随着巨大的机械翅膀抖落的。

后来我进了大学,跟新朋友讲起这曲折的故事,隐了姓名,埋了感情,只把故事梗概陈述一遍。她们都很激动,说幸好景丽没有搭上这个男的,凤凰男婚后都不老实,自卑感夹杂着虚荣心,不知会惹出什么风波来。她们说小姑娘就是因为没见过世面,才会为一个男人的声线和表演出来的深情所打动,"他那点才华哪里配得上她的钱",我觉得她们都说得对,都切中要害,都适合去"非诚勿扰"替代宁财神,可是,怎么说呢,景丽的恋爱,是我曾睡前听的午夜情感电台,不是美化后的等价交换电视征婚。

后来的我们,都特别不容易被骗,我们才不会稀里糊涂就爱上一个侧影,我们恨不得把人家籍贯履历房产证祖上三代职业既往病史都调查个透,才够放胆献上一吻。

后来我们臆测,倘若他们俩再见面,会是什么情形。大家都说那男的肯定落魄,女的最好用一沓钱砸死他,也顺便砸死老而不死的年少荒唐时的一尾爱情。我们替想象中的重逢布置台词,把那些成年后遭遇的暗算和失望,妥协和将就,统统倾注在了那面目模糊的两人身上。笑得最开怀的刹那,我听见心里一个细细的、弱弱的声音说，那不是景丽的风格，她应当永远温存，永远抱歉，会用手背来贴你的额头。她不会牙尖嘴利地抢白你，也不会跷着二郎腿看笑话，那是长大后的我们，不是景丽。

至少我是那么想的。

热情如无变,哪管它沧桑变化

我对近年狂轰滥炸的青春类型片最大的一点抗议是,他们胡作非为——女生胡作,男生非为,恨不得踩到课桌上对着一切师道尊严飙脏话。但他们,从来不抄歌词。

高中生怎么可能不抄歌词呢?这可真让人费解。

印象中,未必人人都抄过答案,但几乎都一丝不苟地抄写过歌词。有人专门拿了个小本子来收集,有人撕下一张纸就能默写完整周杰伦的《世界末日》,有人心思龌龊,拿生僻的歌词去骗女孩子,有人就比较单纯,居然声称"你出现在我诗的每一页"是他的原创。

晚自修我们集体在图书馆自习,几乎每个人都托着腮——耳机线从袖口处拖出来,偷摸着塞到耳朵里,你要是溜达一圈,时常会遇到怔怔地望着空白习题,眼神像是潮水般荡去又漂来,忧郁得让人心碎的女同学。其实她多半在听歌,被其中某一句戳中了尚未健全的心肺,又说不出具体的好来,只能愣在那,反反复复地誊写。也有把那些飘忽的歌词落到实处的,有个男生在谈异地恋——女朋友在杭州另一端的高中,又格外缠人,每晚要打两小时电话,于是他就躲在厕所里,捂着鼻子跟她一道苦恼,剪光了的睫毛会不会重新长出来。

这场五味俱全的异地恋的高潮是,某晚,一个以灭绝师太著称的女老师一脚踢开男厕大门,把男生揪了出来。全场轰动,我打字神速,跟他的损友们打听八卦的最新进程,耳机里鼓噪着陈奕迅的歌,那年他刚晋升有逼格的大众偶像,他问,如何想你想到六点,如何爱你爱到终点。

假使说恋爱还是少数人的专利,那写恋爱小说就算天赋人权。回想起来简直不可思议,连衣柜里摆满了参考书的理科光头学霸,都在写架空的武侠言情,他笔下的江湖争斗魂飞魄散,统统发生在一片芒果树林里,因为他暗恋的女孩子,爱吃芒果却容易过敏。坐我前排的女生总写穿越,她大大方方地给我剧透:"这个男一号呢,后来出家了,但他仍然牵挂女主,这个男的呢,最后娶了郡主,但他心里还是喜欢女主的……"她嘴贱的同桌接了一句:"其实呢,×××她自己就是那个女主。"

女生毫不留情地用水笔芯去戳同桌干干净净的橙色校服，男生手忙脚乱地接招。我记得分明，当时刚午睡结束，一片睡眼惺忪中，教室难得地安静，以至于我摘下了耳机，却仍然能听到漏出来的歌声，唱功平平的少女组合在嗲声发问：我想问见习爱神如何养成，我爱的他要怎样才不会再慢吞吞。

后来我们索性总结出了歌词的实用帖。表白时可以选用"有生瞬间能遇上你，竟花光所有运气"，结婚时适于用"余生请你指教"，和前任相逢则该是"寻得到往日小店，回不到相恋那天"。可是与其感谢有歌能把心境道破，不如说，它替钢筋混凝土的日常，镀上了一层闪闪发光的金粉。统共两百字的歌词，囊括了人生的诸多感叹，却遗漏了一地的鸡毛蒜皮。那些写歌的人啊，他们把生活掐头去尾，把窝囊的前因省略，把繁琐的后果忘掉，只留下中间那段高浓度的伤心。他们把那伤心调成色泽艳丽的鸡尾酒，虽然千篇一律，虽然卖弄风情，也够城市里身躯消瘦心脏臃肿的人群，借之以醉一醉，或者，躲一躲。

你知道哼唱"陪你看细水长流"的那一个，其实还马不停蹄地，想要观光更多的风景；也知道循环"你别以为你有多难忘"的醉汉，只是没有能力和运气再遇见更好的。但你不必耿耿于这些苍莽的真相，世情那么刻薄，你要允许别人，也宽宥自己，在纯净的不带杂质的歌声中，抽离一会，还原出一回完整的心动和心痛。

就像后来我和朋友筛选出了分手金曲，是许志安和叶德娴合唱版本的《美中不足》。我说那句"唯盼你故事到结局，完美里那美中不足会是我"真好，洒脱里还带一点不甘，大方里还剩小心眼，她也说好。我苦恼说两个人都喜欢这句，那以后谁发呢，她回话神速，说先到先得呀。

我被这句"先到先得"逗笑，笑到自觉忽视了发布这句歌词的前期提要。

站在二十岁的尾巴上，回顾惹是生非或者无事生非的青春期，觉得也是一场"先到先得"。当时一批关在四四方方的红墙里的高中生，过的其实是人民公社的生活，吃的是青春大锅饭——有记忆为证，被称作"三哥"的男生，家附近有一爿特别好吃的蛋饼店，我们尝了一次后，都踊跃报名让他帮忙带早饭。于是三哥就起早半小时，替二十多个女同学带蛋饼，分发时我们极尽谄媚之能事，他女朋友双手交叉在胸前，冷眼看这大团圆场面。十几岁的少年人，一边抗拒公事公办的成人世界，一边不遗余力地朝成年的感情模式飞奔，而那些多情的无情的歌词，就成了这条路上，唯一清晰的指向标。

我记得当时的密友第一次恋爱，第一次争执，第一次失恋，第一次咬牙切齿,第一次怅然若失,她所有的情海翻滚都和我无关,但那些余波,都是我和她一道经历的。哦,还有歌。她终于把我们抄写在笔记本上草稿纸上教科书上的歌词,都步步惊心地走了一次,从此她哼唱那些旋律时,就有了莫名的底气——对我们来说,那都是无病呻吟,对她而言,那叫感同身受。

说来也怪,曾经我们是最怕落后的一撮人,最怕新出的专辑没有预习,最怕在KTV里对着满屏新歌不知所措,后来我们却能够心安理得地,罔顾QQ音乐页面的更新,固执地钻回到孙燕姿十年前的慢情歌里,或者更老一点,张学友的《她来听我的演唱会》里。偶尔会操心周杰伦的婚事,啧啧感叹蔡依林越来越像杂技运动员,就像我们唏嘘,当年的班花发胖,光头学霸究竟没有追到对芒果过敏的女神。

曾经我们飞奔着往光怪陆离的成人世界去,忙于先到先得,想把缠绵或者凌厉的歌词,都在喉间或者心中,回肠荡气一遍。后来我们陆陆续续,都来到了名为"长大"的终点线,我们发现那的景致并没有更好或更坏,先到的那一位,先得的也只是心碎。

就像八百米长跑越过线后,你踱着步回看终点线,突然由衷地怀念,一窝蜂起跑的瞬间,有人踩了别人鞋带,有人约好了手拉手一起，有人推搡着想往里侧挤，有攀比心也有同情心，有野心也有窝心，但不管怎么说，那毕竟是一群没有坏心的人，创造出来的温暖气氛。

你们一定不信——我大学后八百米测验，一直拿满分的。每次跑完我都很扬眉吐气，想说我一个穿高跟鞋如履平地的人，也有一项隐藏技能。但现在想来，这有什么可骄傲的呢，反倒是在终点处焦急喊我名字的人，跑完后嘱咐我小口喝水的人，把我从地上拽起来拖着我散步的人，更适合入镜那句我最爱的歌词：

热情如无变，哪管它沧桑变化。

我想你是岛

我一般是这么介绍余岚的:"这是我朋友小陈的前女友。"于是别人的目光很兴味地在我们俩之间瞟来瞟去,企图从我们紧扣的十指里找出暗自较劲的蛛丝马迹。

要是再八卦点问,你跟小陈怎么认识的呀?我就泰然自若地答:"小陈追过我的室友,岳美艳。"

一开始我当然不叫小陈为"小陈",跟大多数人一样,我很狗腿地叫他大神。他在我状态里回一个表情,我都恨不得截个屏。不幸的是,他在选修课上和岳美艳划到了一个组,而岳美艳,是一个除了复制粘贴百度知道的答案外,别无所长的文盲。更不幸的是,他迷上了这个文盲。

那天我刚下楼,就看到他在用人格向宿管阿姨担保,他真的只是来帮女同学修电脑的。可惜阿姨只认校园卡,不认人格,于是我顺势上前，押上了我的校园卡："他是我朋友，阿姨我电脑进水了。"

小陈同学——那时起我就暗暗确定了他的称谓，一脸感激地看着我，我拍拍他的肩："抓紧上楼，岳美艳是群发短信的，已经有两个人在帮忙修了。"

小陈毕竟是小陈，他拆开键盘——掉出一堆饼干屑、巧克力粉末、芒果干碎片，拔掉电池，借了螺丝刀旋开主板，吹干然后重新组装了一遍。在这个繁琐的过程中，他还不忘赞美女神的电脑——虽然受了伤，还是很坚强。

于是他们就渐渐熟了，我也狐假虎威的，开始叫他"小陈"。我其实不清楚他到底几岁——又不是男朋友，还要问清生辰八字，我只是觉得，他唉声叹气跟我讨论岳美艳到底爱吃什么水果的样子，特别"小陈"。

我知道你想问什么，你想说小陈既然牛×烘烘，我们俩也有了交集，我为什么不下手呢？你要是和小陈相处过，你就会知道，他是那种你乐意把他带到闺蜜聚会上，却也不介意闺蜜留他号码的男生，换而言之，他更像过年时用来招财的橘子树，而不是摆在窗台上的盆景。所以还是做朋友吧——别说什么异性友谊错综复杂，搞得好像你们同性友谊很单纯一样。

要怎么体现小陈的情商呢？某天他问我，为什么岳美艳跟他说,她有个朋友破坏过别人感情,问他怎么看。他顺着她的话头,激烈抨击了一下这种行为,之后岳美艳就闷不作声了。

我说你蠢死了,岳美艳这种级别的美女,怎么可能有朋友,"我朋友"在这里,就是我的代称啊。

他连声称"哦",然后目光在我脸上逡巡了一圈说:"我觉得你朋友还挺多的。"

又过了两天,小陈又来问我,为什么岳美艳这次跟她说,她有个朋友到处抹黑前男友,他吸取教训,宽宏地说或许有她的苦衷,结果岳美艳冷冷地"嗯"了一声,就不再回话了。

我说哎呀我上次话只说了一半——当女生想要来自异性的义愤填膺,却又不想显得小气时,也会把敌人称之为"朋友"的。

小陈很哀怨地望了我一眼,问:"那怎么辨别这两者间的不同呢?"

我想了想,回答他:靠天分。

小陈明显没有这个天分,当岳美艳恋爱的消息传来时,他只能落拓地请我们吃一顿又一顿的饭。菜好的时候,我们忙着动筷子,谁也没心思安慰他,菜不好的时候,我们就更懒得理他了。

吃了两个礼拜,他就带来了一个女生,他介绍说,这是他女朋友，余岚。

我们面面相觑了一会儿，都很识趣地没有追问前期提要，就像看一档不走心的电视剧，随便哪一集开始都可以，不必纠缠于红衣美人是怎么入的宫又是怎么失的宠。我们欠起身做了个短促的自我介绍，就继续我们的话题，闵大荒的八卦太纷纭了，哪一个都比眼前女生苍白的脸色来得精彩。

惨就惨在，我那天坐在服务生上菜的位置，旁边空了一块，顺理成章地，余岚就搬了椅子，来我身边坐下，还贴心地问一句："你不会挤着吧？"

摆了摆手说完"不"后，我还没来得及掉头，她就迅速找着了新话题："蓁蓁，你是话剧社的吧？我特别喜欢看话剧，你们那场《恋爱的犀牛》，每次演我都看的。"

我艰难的"谢谢"很快就淹没在她热忱的提问里："你最喜欢哪一部啊？"

在我搜肠刮肚找够镇得住场子的话剧名称时，小陈替我救了场子："她不看话剧的，她只看画皮。"

在整桌人的哄笑声里，她不安地搓了搓自己的耳朵，这个自然而然的老套动作，让我突然注意到，其实余岚长得很秀气——是那种好学生的好看法，像一碗没有加鸡精的汤，尝几口你就发现，淡是淡了点，鲜是鲜的。

那晚余岚一直黏着我，看得出来她一心致力于讨好我，简直有点旧式女子讨好小姑的意味了，然而她越想要钻入我们这个圈子，我们就越是齐心合力地把她往外挤。一则我们喜好太不相同，我爱啃鸡爪她爱喝茶，我爱看八卦杂志她热爱三联生活周刊、话剧、旅行、电影……怎么她喜欢的东西跟我三十年后预备给记者的笼统答案是一样的。等到她建议我们周末一道去爬山时，我低头盯了一会儿自己脚上的红色高跟鞋，简直恨不得换个位置了。二则，从小陈不咸不淡的口气里，我们自行咂摸出了这段感情的浓度，而人一贯是这样子的，只会拥挤着去追捧当红的，不愿施舍一点好意给落单的那个。

但他们毕竟稳稳当当地在一起了。年底时，大概受雾霾天影响，小陈没完没了地咳嗽，余岚就给他每晚送粥做夜宵，据说清粥小菜很精致，是能够po图到朋友圈的精致法。但我没刷到这条朋友圈，却等来了小陈哀鸿遍野的电话："你能不能劝劝她，别再熬那个粥了？"

"……恩？"

"昨天银耳莲子红枣粥今天红豆薏仁牛奶粥，这他妈到底是生津止渴还是美容养颜啊？我他妈一个男的，吃这个像话吗！"

我笑得手机都拿不稳，连规劝都自带颤音："这就是人家一片心意嘛,想想她要熬多久,你就不会抱怨啦。"

小陈接得爽快:"对,一想到她要熬那么久,我就觉得不吃放在那,特别内疚。"然后赶在我发出赞同的叹息声前,他补了一句,"所以我倒掉了。"

我知道我应该找出别的话来填满这硌人的空缺,但我做不到,或者我应付性地笑一下也行,但我也做不到,我只能胡乱地收拾桌面,企图发出一点象征忙碌的声音。

搁下手机我就撞见刚约会完的岳美艳,我说你还记得小陈吗?谈女朋友了。

她潇洒地把高跟鞋往地上一扔,麻溜地顺着梯子钻到被窝里,然后才想起用手肘撑着身子问我:"是那个帮我修电脑的吗?"

我说对,她追问道,有什么好玩的八卦吗?

我摇了摇头说没,就是随口一提,还有,岳美艳,你以后鞋子能不能规矩点放鞋架上,别乱扔。

她在床上跟我撒娇:"知道啦,今天超冷的嘛。"

我替她把鞋子放回原处,蹲在地上的时候我想,一个人扔扔掼掼,另一个人视若珍宝,这不叫缘分,这叫恋爱中的食物链。

我记得很清楚,我是跟他们俩一道跨年的。

31号晚上,我们一道去老西门吃宁波菜,上茶的时候,余岚从包里拿出一个银色外壳的保温杯——我总觉得随身携带保温杯的人都有活到一百岁的决心,她把杯子递给小陈说,这是我出门前泡的,里面是切碎了的罗汉果,还有胖大海,你喝喝看。

小陈没有伸手去接,也没有接话。

我偷摸着跺了跺脚,给自己鼓劲,然后探过身去,拿起了那个保温杯:"我渴死了,我妈死活不让我喝外面的杯子,我喝几口你别介意啊。"

不管不顾地猛灌几口后,我心满意足地看着杯沿上的鲜明唇印,露出偶像剧里女二号才有的欠扁的歉疚表情:"不好意思啊,要不,我待会儿去洗一下?"

平时涵养好得不得了的余岚,仍然对我维持着礼貌的笑意,哪怕这笑意在一点点皲裂,但是不要紧,我宁愿她把这笔账算我头上,宁愿她接过去时硬邦邦地说"没关系",宁愿她相信,这个夜晚本该花好月圆,而我纯属多余。

我们拥堵在外滩跟着曹可凡一起倒计时,零点钟声敲响的时候,周围的情侣忙着接吻拥抱,而我们三个,彼此都隔了一臂宽,在狂欢的人群里,制造出了一圈疏离的气氛。

结束后好不容易在华山路上拦到了一辆的士,余岚说她容易晕车,小陈很自觉地替她把车的前门拉开:"你坐这吧,难受了告诉我。"

不过坐哪也都一样，反正三个人，谁也没有开口的兴致，也缺了计较的力气，从北门绕进学校后，师傅问往哪开。小陈想了想，指点师傅说，您先去西区方便，您把我们俩扔那，然后送她到东区吧。

在我出神的工夫，小陈用手肘撞了撞我肩膀："我们把钱给她，你就拿100吧，剩下的零钱我付。"

下车时我几乎是落荒而逃，可是没成功，小陈用合谋了什么大事件的兴奋语气对我说："叶萋萋，今天真是多谢你了。替我们订餐厅，还一块去，要没有你，我都想不出怎么跨年，也不知道怎么跟她独处。"

我眼皮昏沉得很，只能够潦草地点头，连说"不谢"都嫌困倦。

大概因为这个插曲，所以他们的分开，对我来说一点都不难消化。粥一碗碗地倒，倒到最后，会让人彻底地倒了胃口，而岳美艳恢复单身，也算是一根导火索。总之，量变积累到一定程度，又有外界提供了孵化的优质条件，就成全了这一桩质的飞跃。

分开那晚小陈也惆怅地请我们吃饭，在我夹菜的间隙里，他跟我说:"我也知道对不起她。可是怎么说呢,就像冬天在图书馆门口看到流浪猫,不忍是真不忍,可要把它捡了回去,就不知道怎么安置它了。叶蓁蓁,一时的恻然,反而会增添很多不必要的伤感。"

总说爱情真伟大,其实不爱的力量也不容小觑,你看,对一个女人顽固的源源不断的抗拒,都逼得一个把《红楼梦》称作课外书的男人说出这种张小娴式的金句了。

相较之下,余岚就显得那么不洒脱。

在我们宿舍楼下,她执拗地问我,岳美艳真的那么好看吗?

我哑口无言,其实岳美艳五官不算上乘,只是有些女人,生来就自带名山大川的气场,让过往豪杰想要驻足,挥笔留下"到此一游"的墨迹。而大多数人,却是黄四娘家门口种满野草闲花的小道——只能拿来招待身经离乱的杜甫们。

但说这些有什么用呢,我只能揽过她骨架单薄的肩,说你别多想了。

她靠在我手臂上,悄声问我:"他们说不被爱的那个,才是第三者,你说,我是不是真的做错了?"

面对这种微博上只关注晚安早安六六陆琪的姑娘,我是真的没辙了,我低头问她:"你又是要当小三又要做圣母,你他妈筹拍《宝莲灯》啊?"

她迅速汪起一圈眼泪，瘪着嘴努力不哭出来，却让整张脸显得更狼藉。人跟人是有能力差异的，楼上的岳美艳，自从分手后就敷着面膜背单词，倒挂着腿找论文，她比她狠，她已经在跃跃欲试打下一场翻身仗，她却仍然哭哭啼啼，不愿假装心上人战死在沙场。

但说到底，我们都是普通人，都是哭哭啼啼、死不撒手的那种人，是没用的人。

这反高潮的故事，却有个称得上"畅快"的结尾。我再遇见余岚时，她两颊丰满了些，笑得很从容——当然要从容，她主导的课题拿了金奖，她微微鞠躬，在跟一群穿着深色西装的人握手道谢。

在我还吃不准要不要打招呼时，她已经准确地、惊喜地喊出了我的名字。我也只能使劲从脑海里，搜刮那些漂亮的又不那么假的恭维话。她研究生申了个很好的学校，还拿了"全奖"，毕业季的交大，最不缺的就是对这种"大神"的制造和追捧。

我们交换了下彼此近况，说些不痛不痒的现在，其实脑子里转悠的，全是过往的鸡零狗碎，银色的保温杯、外滩的钟、出租车的前座，还有她哀哀地问我还有可能吗的脸。

我使劲摇晃了下脑子，开始夸她浅黄色的裙子好看，衬气色，还显嫩。她顺势接话说："已经老到要追求显嫩了呀？"

我们都笑了。两年时间，足够让一个提议全桌人去爬山的女孩学会了自嘲，当然，是要被生活嘲弄多少次，才掌握这门绝技，我不必知道。

路过的学弟学妹们都小幅度地用手指戳戳她，有女生凑到男朋友耳边，不知在嘀咕什么。余岚笑盈盈地看向我，把裙摆放正："真快呀，你说两年前，我怎么可能想到这个场景。"

我也只能像收拾桌面一样收拾我一点也不乱的短裙。

"叶蓁蓁，你别急着给我灌鸡汤。我知道你会说什么，你肯定要讲，每一段遭遇都是有意义的，上帝给出的，已经是最好的安排。这些我都明白。"

她像拦路抢劫的匪徒一样，截掉了我酝酿已久的安慰，所以她的脸上，隐约闪现着干了坏事后的快意光芒："就像一批岛上的居民，因为小岛快沉了，必须永远地离开这个世代居住的小岛。他们走了好远的路，吃了很多苦头，最终抵达了一片丰饶的新的大陆。他们立碑石，他们写传记，他们都被赞美成勇敢智慧坚强。

"他们偶尔回看，只有汹涌的大海，哪里还能找到那个岛屿——它那么小，跟这片大陆比起来，它不值一提。可是，可是啊，他们真的想过，在那个不为人知的小岛上，生儿育女，过完一生的。"

她紧紧地攥着我的手:"我也真的那么想过。"

有很多话想要涌出来,也有很多眼泪想争先共鸣,可是灯光太亮周围人太多,我只能勾过她的脖子,用亲昵的带着几分无赖相的口吻,拍了拍她的肩:"小余啊。"

第四章 /

愿你的内心
同时拥有雀跃与安宁

可惜你的路途，看不到我衰老

我打算写这个故事的时候，我决定叫她尹小姐。

尹小姐一定是个瘦高的姑娘，夏天爱穿贴身的牛仔裤和宽荡荡的背心。她一定不是温顺的姑娘，抿紧了嘴角，随时都可以朝你嗖嗖地放冷箭。

我在上海的第一个冬天，遇见了尹小姐。

上海可真他妈冷啊，丰沛的水气不声不响地钻进骨髓，结成一根根无法拔除的刺。我使劲跺脚，才在厚厚的秋裤外面套上了牛仔裤。然后我就看到了尹小姐，薄薄的牛仔裤裹在她又细又长的腿上，踩着匡威的鞋子，露出纤细雪白的脚踝。

概括地说吧，她修长一如翠竹，我像笋。

但我很快就了解了她特殊的防寒的技巧，因为不断有暖宝宝贴从她柔软的针织毛衣底下掉出来。

她离我就两三米远,她一路窈窕地走,我一路蹲下去捡,收集了四片,摸起来还是热的,就是不知道怎么还给她。

眼看她就要走上另一条岔道了,我鼓足勇气,戳了戳她的背:"那个,你的暖宝宝。"

她迅速地皱了皱眉:"这不是我的啊。"

我不怪她。小时候看《读者文摘》,我印象很深,一个伟人跟一个平凡人在路上走,平凡人看到有个熟悉的女士摔倒了,想去扶她。伟人说,别扶啊,这么狼狈的样子,她是不愿让我们看见的。

我模仿着伟人的语调,和蔼地说:"没事,那可能是别人掉的,我就随手交给你吧。对啦,我是刚捡到的,没跟着你。"

说完我就转身,她把我叫住,不耐烦地撇了撇嘴,却没有移开眼睛:"那啥,谢谢你啊。"

我回她一个礼貌的微笑。

"还有,走这条路去上课比较近。我们一个选修课的,我见过你。"

我和尹小姐的相熟算是天时地利人和。那节课我的手机没电了,为了装×带了本《人间失格》,五分钟翻一页,一分钟浏览,四分钟遐想。她挑着眉毛看我几眼,自顾自玩植物大战僵尸。幸好有前排的男生孜孜不倦地抖腿，我倒是没什么，反正也够心浮气躁了，尹小姐就不同了，桌子像磕了药一样震个不停，我亲眼见证她把大白菜点成了炸药。

"我说同学啊，你能不能别抖了，题目做不出就是做不出，再抖也没用。"

我朝她投去钦佩的目光。

"还有你，别假装看书了，你拿去玩吧。不许用我的钥匙啊，也不准拿钻石换特技。"

在我还不知道她名字学院籍贯的时候，我已经知道她玩游戏一塌糊涂了。

下课后我把平板还她，礼貌地道谢，她胡乱挥了挥手。我再礼貌地告别，她再胡乱地挥手，然后我们就前后走出了教室，都知道走的是同一条路，却扮出一副各奔东西的样子。

我挤在人头攒动的食堂里，纠结该吃不用等的川菜还是等五分钟的馄饨。我小心翼翼地挪动脚，不想踩到谁，也不想被哪双球鞋踩到。有人拍了拍我的肩膀，正如一般故事所叙述的那样，就是尹小姐。

她说她忘了带皮夹，所以没带卡也没有钱，她说这些的时候，眼睛盯着斜下方的地面，脸却是微红的。我们买了两份拌面，面对面吃，互相交流个人信息，我朝她笑，她牵动了下嘴角，幅度虽然小,却是真材实料的笑容。

我先吃完起身,一同去倒菜。我走得前面些,她在后面跟得不紧。我拿捏不准是不是该同路,就蹲下来假装系鞋带,抬起头的时候,看到她低着头等在一旁。长长的头发垂下来,遮住了大半边脸。

我们一同走在路上,作为一棵笋,我有点不自在。她倒是神态随意,指着一辆宝马说:"丑死了,真没眼光。"

我接话太快,跟着说前盖太长,车身太短,像张亮的脸配了黄渤的身子。说完这话,我们才发现车里有人。

她当机立断,拉着我就跑,直到五十米开外,我们停下来喘气,哪怕她头发全挂了下来,我也看得出她在笑。

后来我们没再说话,后来我们进了同一幢楼、同一层,她拐向另一个套间的时候,我发现我没有嘘一口气。

据说男生间的友谊是一起干坏事,而女生则是说别人坏话。所以我不想再详谈我是怎么和尹小姐成为闺蜜的了。总而言之,当春天来了的时候,尹小姐刷我的卡已经不会脸红了。

这时候,就该她的男朋友上场了。我叫他老杜,老杜总让人想起憨厚的胖子,冬天穿高领毛衣,夏天穿着人字拖四处晃悠,永远也不生气,他像一堵用橡皮泥筑的城墙,无论被捅多大的口子，都能迅速地重新黏合。

　　我一直都不知道老杜和尹小姐是怎么认识的，不过年轻姑娘的故事，从来都不需要一个明晰的开头。她们走在街上，她们裙摆飘荡，那就足够成为一个故事的开篇。

　　之前我就听尹小姐提到过他好几次，说他穿着高领毛衣还要缠好几圈围巾，整个人像一个吃撑了的胃。没想到春天一来，围巾一脱，他就能约到她吃饭了。出于战略上的考虑，尹小姐叫上了我，她说她猜他表白，怕他会说些甜腻的话，怕他会从身后变出一束花，为了防止场面失控，我得陪她一起去。当然这饭不是白蹭的，她要是双手托腮，我就埋头吃饭，她要是撩一下耳边的头发，我就得起身打岔。

　　那就去呗。

　　饭是在华联吃的，价格虽然是闵行的价格，规格倒是钓鱼台的。三个人点了八个菜，有荤有素，还有甜品，老杜显然没预料到我的出现，出于团结第三方力量的考虑，他盛赞我好看，我偷瞄尹小姐，只见她面色沉如水，我心慌意乱，决定埋头苦吃。

　　几分钟后，老杜开始切入正题，在此我不想赘述。一则剖白的心思大同小异，二则我忘了，也懒得编，老杜口才不怎么样，我不想用我的才华给他增光添彩。

　　我心不在焉地听着老杜的表白，紧锣密鼓地夹干锅牛蛙，还要时刻注意尹小姐的动作。

老杜越说越激动,从初遇畅想到六十年后,有些话我都听不下去,一看尹小姐,却还是端端正正地托着腮。

大概吃了一个多小时吧,尹小姐说想上卫生间,拖着我往外走。在狭小的洗手台里,她抓着我的手说:"怎么办,我真的感动死了。"

我说:"你让我在外面站一会儿,我撑死了。"

回去后尹小姐的回应,倒是称得上动魄惊心,我尽量原封不动地转述。尹小姐的声调还是不高不低的,可是我听得出来其中轻微的颤音:"是这样的,我呢,是个理科生,对择偶呢,有一个比较刻板的标准。高、富、帅三项,达标分都是60分。当然,这个基准线是可以有波动的,比如5分的高,可以抵1分的富,3分的帅,抵1分富。所以要是有一项特别高,也能弥补其他的不足。但是杜先生你呢,就是拆了东墙补西墙,怎么补都补不到这个基准线的。"

我挺后悔吃那么多的。

"不过呢,"尹小姐深吸了一口气,把头发都拢到了脑后,"就算你满身是缺陷,总分跌下平均值,我还是想试试看呢。"

昨天回复里好多人都说尹小姐亏了,说最初降低的标准最后都会成为迈不过去的坎,说莫名其妙的爱会沦为无缘无故的恨。翻看这些评论，我也会暗暗想，要是能回到那天的饭桌上就好了，说不定我会站起来打岔，哪怕从头到尾尹小姐都没撩头发。可我又想，哪怕我掀翻了桌子，醉打老杜棒打鸳鸯，该在一起的还是会在一起，该撞的墙还是得撞，你也知道初恋不会成，你不还是拖了人家手吗？

过了好几个礼拜，我才犹疑着问尹小姐，你到底喜欢他什么？

彼时尹小姐靠在椅背上，一下一下地梳着头发，她慢吞吞地说："大概是因为安心吧。跟他在一起，头发不洗也不要紧，睫毛没有种也不要紧，说泰姬陵是在泰国也不要紧，在他面前，无论做错什么，他都不会嫌弃你。哪怕我刚吃完外卖嘴巴一抹就出现在他面前，他还是会捧着我的脸说，我怎么会这么喜欢你。"

她把梳通了的头发用一根细细的皮筋扎起来，手腕飞快，语速却越来越慢："跟别人在一起，语气是要上扬的：真的吗？你好厉害喔。好棒呢。跟他在一起，声音就可以沉下来啦，我就觉得，心也落下来了。"

我不知道心落下来是什么感觉，我只知道，老杜看尹小姐的眼神，就像一个孩子，兜起了衣服下摆，眼巴巴地想要接住掉落的苹果。

天气越来越热，尹小姐的裤子越来越短，他们的感情也越来越好。晚上下课，我跟在他们俩后面走，老杜推着自行车先唱："自从有了你，生命里都是奇迹。"

尹小姐响亮地应和："铁齿铜牙两张嘴，百姓心中有了你——"还跟着一串长长的颤音。

老杜停下来捏她的脸："宝宝，你可真棒！"

为了行文的庄重，我选用了句号和感叹号，事实上，他们的语气只能用没完没了的波浪号来表达。

早上我跟着他们吃早饭，老杜指着米糊说："我爷爷解放前是有钱人，后来我们没钱了，他没别的要求，就每天要一碗现磨米糊吃。"

尹小姐从蛋饼中抬起头，脸上还沾了一点辣酱："解放后有钱人都成了我爷爷。"

老杜用手掌心替她擦去了酱渍，顺手托住了她的脸："宝宝，你可真可爱。"

后来我就不跟他们俩吃饭了。

印象中他们几乎不吵架，尹小姐生气了就穿着吊带衫热裤在校园里跑步，老杜就挨个路口堵她，抱着她威胁她说："你再生气,我就去吃夜宵,吃鸡排吃小龙虾,什么热量高我就吃什么。你都不要我了,我就吃成个大胖子。"

尹小姐浑身都是细细密密的汗,她一边骂热死了你有病啊,一边掐着他腰上的肉说:"这礼拜再吃夜宵我们就真的分手了啊。"

听到他们分手消息的时候,我和尹小姐坐在诚信烧烤的摊位上,一人一口吃夜宵。

"也没什么,就一堆破事,没有前男友哪能讲情史,以后我也算有故事的人了。虽然这故事是寒碜了点。"

"到底怎么了啊?你别老顾着吃韭菜。"她不喝酒也不话痨,我反倒成了坐立不安的那个。

"妈的老子嘴巴要寂寞好久呢吃点韭菜怎么了?跟你说了没什么,我就是路走偏了,人家找男朋友都找有钱的,找穿MCM的,找拿单反的,我呢,就喜欢找一件耐克T恤穿五年的。分手也没什么,我就觉得浪费时间,你说要是暑假就分手,我还能趁开学再勾搭几个。我就是那种傻×学生,明明从第一步就算错了,还要规规矩矩解下去,最后生怕漏写了答字。"

那晚已经是深秋了,我穿着开衫,瑟缩在长椅上,想给她一个拥抱,却发现自己两颊是冰凉的。

当她的面前堆满了竹签，总算把来龙去脉讲完。其实很简单，快一周年了，他们想商量着买一个纪念礼物。尹小姐看中了一串TIFFANY的手链，也不贵，刚好一千。我一直觉得首饰的定价很合理，它的合理性不在于它的性价比，而是它刚好让男生"咬一咬牙"。它既不需要他分期付款半辈子，又不能让他像买玫瑰一样到处送，它能让他少订一个月外卖，或者少在兄弟聚会时抢着买单一次。它的意义在于，它要让他有所取舍。

显然老杜没有做对这道算术题。据说他收到尹小姐发过去的牌子价码款式时，正在和朋友们聚餐，手机被好事者抢了过去，被全桌传看了一圈，当然也就收获了一堆"哎这就是和白富美谈恋爱的代价啊""怎么一周年胃口就这么大啊"之类的评价。几番感叹下来，老杜的心理活动复杂幽暗如同迷宫般不可预测，唯一可知的，是尹小姐收到了一条"Damn it"的回信。

我说那你怎么回击啊，尹小姐说，我才懒得跟他吵，我直接发朋友圈，发歌词。

"发什么歌啊？"

"陈奕迅的《红玫瑰》。"

"得不到的永远在骚动？这不是欲擒故纵时候发的吗？"

尹小姐直接把手机甩到我桌上："从背后抱你的时候，期待的却是他的面容。"

我不知道你们是不是也这样,从小不缺钱地长大,听过为钱翻脸的例子,却从来都以为那只是例子。你从没料到,有一天你也会被情爱羞辱,被爱人辜负,那些我们早就明白却以为永远不会作用于自己身上的大道理,它们何曾放过谁。

我们都发自肺腑地觉得,我们不是贪钱的人啊,我们大声嘲笑宝马,我们嫌弃BV编织袋,这样子的我们,怎么会上演类似房产证写谁名字的8点档剧本。

"我真的不是在乎这么点东西,就是觉得心寒。买件新衣服像是为我买的,非得强调他从前一件衣服穿五年现在特意为我改了习惯。一条链子爱买不买,至于一群人批斗我吗?"

我心里觉得再别扭,都还是决定老套地劝她:"这事你也别太激动,看远了也就是个小事,你们从前不是都挺好的吗,别一时冲动做了决定。"

"是小事啊,可是我们俩能有什么大事啊,他是能为了Angelababy劈腿还是因为国仇家恨跟我被迫分离啊?就像你玩叠叠乐,之前抽掉一块两块积木都没事,可就是在不知道第几块的时候,突然就塌了。你明白吗?就是那种感觉。"

她看着我不停点头的样子,搂住了我的肩膀,得意地啃掉了一排韭菜:"你看我表达能力多好啊,你这种没谈过恋爱的人,都能理解到位。"

她表达能力是好,可是那又有什么用。她还不是只能蜷着身子,一串接一串地吃烤韭菜。

这故事的波折总和我相关,过了两天,老杜拦住了我,在我洗完澡回寝室的路上。

我光脚穿着拖鞋,身上套着长长的睡袍,我扣紧了领口,一是为了挡风,二是因为我图方便,没穿bra。

虽然是真分手了,可老杜看起来还是没点宵夜。他穿着V领毛衣,内里搭着格子衬衫,还吹了高高的头发,人模狗样的,除了神情。

他说了什么我记不清了,和字字珠玑的尹小姐比起来,老杜的剖白总显得那么平淡无奇。可是我一直都记得老杜冻得通红的手,还有他的眼睛,像是河底湿漉漉的鹅卵石。

他说:"我知道我混账,可我是真的喜欢她。"

可我已经不知道,喜欢究竟是什么意思了。

等到我回寝室的时候,手脚都是冰凉的了。随手把浴巾挂在椅背上,我就去找尹小姐。

她沉默着听完了我结结巴巴的叙述,然后抬了抬眉毛:"你就这么见他的啊?"

我不自然地把双臂环在了胸前:"他都忙着抒情了,也不至于还关心我有没有穿 bra 吧。"

尹小姐翻了我一个白眼,过了一会儿,她慢悠悠地问:"他看起来什么样啊?"

"挺像个人的啊,没穿高领毛衣,也没戴围巾,头发还是吹过的,还是严格执行了你的标准。"

她抿着嘴笑了一下,继续盯着我问:"人呢?是不是满眼血丝一脸憔悴,哎,有没有瘦一点?"

天色那么暗,风又那么大,我还得捂紧领口,哪有心思去分辨寂寞是不是给他雕刻了一道皱纹。

我只好就近拿起一包薯片往嘴里塞,含混不清地说:"可能吧,哎,我也不是特别说得准。"

尹小姐靠在椅子上,像古代仕女图里的人那样,哀怨地叹了一口气,她看着我说:"我也不知道我是希望他怎么样,他过得不好吧,我也揪心,就怕他做傻事。可他过得太好吧,我又不甘心,凭什么只有我一个人抽不出身啊。最好他好好上课,埋怨兄弟几句,点外卖的时候想起我,于是把鸡翅去掉。早起五分钟搭配衣服,看到哪件毛衣,想起是我送给他的。"

这种哀怨的气氛实在不适合吃薯片了。我犹犹豫豫地说："那要不，你去窗口看看，说不定他还在那。感觉他在路口等了我们很久了。"

尹小姐一迭声地"不不不"，但我毕竟是个女人，听得出她的动摇，我接着说："哎呀，你就去看看呗，万一人家在下面站成了英勇的禁卫军。"

尹小姐推托再三，还是袅袅地站起了身，十一月的晚上，她光脚穿着凉拖，我也没提醒她，自顾自吃薯片。

大概过了三分钟吧，里面外面一片寂静，只有我嚼薯片的声音。我估摸着情人相看泪眼，无语凝噎得差不多了，正想放下包装袋回寝室。

走廊里传来掷地有声的呐喊："我操，老娘还特意跑楼下看了！压根没人！"

第二天早上，我和尹小姐一推开宿舍大门，就看到背靠着香樟树，怅望着车水马龙，把等待变成姿态的老杜。

他径直走过来，他什么都没说，可是他的眼睛里面，藏着好几个失眠的夜晚，也辗转了好几个独自点外卖的黄昏。

可是尹小姐只顾着生气了。老杜显然不知道错综复杂的缘由，他把恳切的目光投向了我。

我他妈更生气,昨天晚上我为了赎罪,从一楼打了四瓶热水上五楼,走了整整两趟,尹小姐边泡脚边数落我,我还得拖掉地上泼出来的水。我越拖越憋气,觉得凭什么呀,他们俩吵架非得带上我,我又不是通房丫头。

老杜低眉顺眼地递过一袋蛋饼:"我知道你喜欢吃这个,按你的口味,两个蛋,没有油条,不加辣酱。"

尹小姐甩着手接过。

老杜又补充说:"虽然你已经不理我了。可是我还是按照你说的在做,手链我买好了,单词每天在背,一个礼拜都没穿高领毛衣,眼镜架也换成你喜欢的款式了。宝宝,哪怕你不爱我了,我还是想活成你爱的样子。"

果然爱情是有蛋饼的人才想的事。

尹小姐脸上仍然绷着一层霜,她恨恨地说:"什么叫我喜欢的款式?这一款只是换了一种丑法!"

那天早上我一个人寂寥地排队买着蛋饼,觉得还是得跟尹小姐说清楚。他们要是复合了,那尹小姐就沦为了为一串TIFFANY作天作地的女人,她在老杜心里,就定格成了可以用物质收买的女人。一旦开了这种先河,老杜就懒得再费心思打动她,再用温柔的口气对她说话,他只要用钱砸死她就行了。

中午见面的时候,我刚准备开口,尹小姐递给我一盒金牌拿破仑:"蔡嘉法式的,你之前不是老嚷着要吃吗?"

"你哪搞来的啊?"

"老杜买的。"

我深呼吸一口气,决定好好跟她谈谈:"我觉得吧,既然你们已经诚心诚意地分手了,就不要再做过多的纠缠。你想吃这个,我们可以周末一起去买啊,干吗非得支使他去呢?"

尹小姐舀了一口喂我嘴里:"我没让他买,我早上在微博上分享了。他看到了,就坐地铁去日月光买了。也没找我邀功,就发短信说放在阿姨那了。"

我满口都是丰盈的拿破仑,语气也只好顺势软了下来:"哎,恋爱这种事情呢,别人都说不准,你还是自己拿主意吧。"

老杜就跟称职的FBI一样,每天悄无声息地关注着尹小姐的一切。她大姨妈来了就买榴莲酥,她感冒了就在楼下放一碗粥,那几天我一直盘算着,用尹小姐的微博账号分享半岛酒店的最新资讯。

就这么春风化雨了两个礼拜,尹小姐就来找我谈心了。

她语气仍然哀婉,可不是仕女图的哀婉了,是崔莺莺翻墙那晚对着红娘说话的哀婉。

"我仔细想过了,我从前对老杜太苛刻了。喜欢一个人,就应该让他保留最完整的自己。我呢，虽然不想承认，可对他的确有优越感，嫌他读书不好，长得不好，品位不好，他一生病我就气，居然连身体都不好！我想趁这次机会，调整下心态。喜欢一只鸽子，就该带它去散步，让它远远地飞，而不是把它红烧了。"

尹小姐把头靠在我肩上："既然喜欢了，就不该觉得对方欠你什么。张生那么穷，崔莺莺也没逼他去赶考啊。"

她仰起甜蜜的小脸，得意得鼻子都皱在了一块儿："这个比方打得好吧？"

她还是那么能讲，可我已经没有当时那么好骗了。这么舌灿莲花的说法，这么委婉曲折的心路，说穿了，不过是因为她还喜欢他。

后来的故事就得空白好久了。我去新加坡交流了半年，成天忙着跟李光耀调情，也没空理会他们这一对。偶尔问起尹小姐，她总说挺好的，说老杜开始重修大一的课程，说他不再把polo衫的领口竖起来了，唯一的隐患，是老杜发型越吹越高，发量也越来越少了。

回国那天，我在机场里挑了一对布偶。女生头发长长的，表情冷酷，很像尹小姐，男生笑容憨厚得一如老杜。我特意买了布料的，我想瓷器会碎，玻璃会跌破，只有布制的，脏了也只要洗一洗就行了。

那对人偶分别用一只手臂环抱着彼此，仿佛没有什么能把他们分开。

我回学校那天，先碰到的是老杜。我拖着一个大箱子，刚从出租车上下来，就看到了穿着文化衫踩着人字拖头发软塌塌的老杜。

他帮我把行李拖回了寝室楼下，我看着他满不在乎地把胳膊往T恤上一蹭——那是尹小姐纠正过的动作。想了想，我还是把人偶拿出来："这是送给你们的，两个分不开的，反正放谁那都一样。是便宜了点，以后你们结婚了，我送洋气的俄罗斯套娃。"

老杜没有接："她没跟你说啊？我们分手了。"

看见我痴呆的眼神，确认了我是完全不知情，老杜扯出了一个笑容："分了快一个月了，她可能怕影响你心情，所以没告诉你。也没什么，大家完全是两种人，硬要凑到一块，谁都不自在。"

我还是说不出话来。

"哎，真没什么，以后有事还是找我，别客气。我们当时在一起，都是铆足了劲的，我以为自己能变成另一个人，她呢，想跟别人不一样。别的女生都爱帅哥，爱富二代，她偏不，她要爱什么都没有的我。事实证明我们都高估了自己，我没有逆袭的毅力，她也没有无视所有人眼光的决心。

"有时候想想挺讽刺的，我表白那天，她跟我说，虽然你拆了东墙补西墙，怎么也够不到及格线，我还是想试一试。当时我的重点全落在最后那句了。和她在一起，我就像一个破格录取的学生，成天担心要不要做 presentation，会不会丢脸，过几天又是期末考。这个过程太艰难了，我撑不下去，我退学了。

"我不怪她。那些我做不到的，她也没法做到。"

我后来再也没见过老杜，和尹小姐聊天时，我们都默契地避开了这个话题，她没说分手原因，也没再找我吃韭菜，其实人一旦死心了，就没那么多乱七八糟的道理了。

她只提到过一次老杜，那天她所在的社团破冰，她作为部长，带领小朋友去冰火吃烧烤。一堆人闹哄哄地玩真心话大冒险，只有她一个人，矜持地弯着小指吃韭菜。突然她就看到了老杜，polo 衫的领子高高竖起，跟一群男生碰着啤酒瓶，可能是切尔西输了球，他张着嘴巴激动地嚷着。

整一片都是沸腾的，她听不见他在讲什么，可是她看到他颊边小小的酒窝。真奇怪啊,她以前都没注意到,原来他还有酒窝。

她回寝室后,和我在阳台上吹风。她把外套脱下来晾在外面,企图吹散那股烧烤的气味。她挂衣架的时候,长长地叹了口气:"其实我希望他快乐,而且明显地,不被我的好胜心控制欲拽着往前走,他快乐好多。"

关于他们,这样就算结束了。尹小姐一定会再遇到合适的人,再收到丰盈的拿破仑,再唱跑调的歌,再说可爱的胡话。

可是我不知道我会不会再送她那一对布偶了。

摆脱季节的支配

夏季没营养的笑话才说到一半，马路还没晃荡够，气温就降下来了。

老实讲，我很怕冬天。天黑得特别快，街上早早地没了人，连路灯都比以往暗一格。南方的冬天，窗外会有冻雨，我不敢探出头去看，怕一出门，就掉入一个静默的深渊。冬天的所有狂欢活动，都有种"自我慰藉"的意味，圣诞集市也好，新年倒计时也好，都是一堆人自发地凑在一起，呵气顿脚，用人群蒸腾起来的一点热气，来抵御漫无边际的冷，用人为的烟花爆竹 4D 灯光秀，来对付一言不发的亘古长夜。

我们好惨。

我更惨。

冬天的我，情绪低落，手脚冰凉，印象中我没有在冬天谈过恋爱（是的我精准地跟情人节圣诞节这些撒娇机会擦肩而过），也没碰上过什么好事。每年一月份，我一边玩命备考，一边想把附在身上的瞌睡虫甩下来，我不敢吃过多垃圾食品，怕在开春时胖若两人，我不敢跟他人交谈，怕还没开口，就对上了一双同样困倦的眼。

最惨的，应该是去年十二月，我在台湾。

台北比上海暖和很多，最冷时候也不低到零下去，但冬天这个怪兽，还是蹑手蹑脚地走向我。十二月份起，我就不去周边景点玩了，几乎整日都蜷缩在单人公寓里，开很暖和的空调，一天说不超过十句话，大部分是"谢谢"和"好的"。我离同学们很远，据说声音在标准大气压的传播速度是340m/s，所以八卦到了我这，都已经滞后了。我外公车祸去世了，妈妈一下子憔悴了很多。我想回大陆，但是手续繁琐，基本不允许往返。我跟台北人的关系马马虎虎，我嫌他们天真，他们怪我直白。我开销很大，时不时去逛坂急商场，我睡得很多，想靠睡眠把很多不知道怎么打发的时间轧过去。

我清晰地记得，元旦第二天，我跟着台北市民一道去寺庙祈愿，我当时的愿望是，希望我快乐起来。以后还会有很多个冬天，还会有很多孤独的时刻，希望我拥有让自己快乐的能力。

又快入冬了，我反复温习去年是怎么跟孤独相处的，久病成医，人总是试图从旧年的破絮里，翻检出今年还能缝缝补补穿的新衣。

我想最重要的，是认清"孤独很正常，我是个普通人，只能过这种日子"，据我观察，身边真没什么二十四小时滚动精彩的人，搞学术的半夜从实验室走回来是常事，搞金融的盯着花花绿绿的资讯，不住地想揉眼睛，就连我高鼻深目的模特女友，按理说生活该闹腾吧，不，她的周末内容通常是替家里的狗洗澡。

要去接受大部分时间都孤独的事实，年轻女孩子们都急切地想找归宿，恨不得一出父母的家，就进了丈夫的窝，无缝衔接，常年温暖。但其实婚姻也不保障"全方位高质量的陪伴"，从远古时代起，男人就要出门打猎，女人独自在洞口捡果子，那些卿卿我我永不分离的，不是被豺狼虎豹吞了，就是饿死了，能一代代活下来的人，骨子里就刻着孤独和承担的基因。

少问一些"为什么"，多想想"凭什么"，从父母为你建的无双城堡里钻出来，意识到自己也就是个普通人，一个需要拖地擦碗看黄晓明婚礼实况的普通人。我有过一段时间，沾沾自得于自己的有趣，觉得我是这么一个集萌点和笑点于一身的人啊，为什么还会孤独呢？但从去年起，我逐渐地认识到：日常生活中，我也就是个做无聊事的无聊人。我现在大四，每天的安排非常简单，早起吃燕麦片，回工作微信，刷社交网站。然后上课，看书，中午吃饭看剧，下午继续上课看书，晚上吃两个水果，跑半小时步，开始写作。生活密度很低，趣味性也不强，跟人聊天时会被夸两句"有趣"，但那是反刍后的东西了，不是我咽下去的粗糙作物。

第二点，是找一件需要专一的，并且具有升值潜力的事情，比如说练字、学一门乐器、学英语，或者烧菜。我去年在台湾，顶着对自己"装腔作势"的唾弃，买了毛毡毛笔，重新捡回练字的习惯。一开始很难熬，写两行就会看看过了多久，靠，怎么才十分钟，但一个比较残酷的道理是，真正值得去做的事情，通常都很耗时间，而且过程也很苦闷，没什么乐趣可言。我就是在倾诉欲高涨，而可倾诉者寥寥的情况下，开始认真地对待写作，用键盘敲打出一些诚实的、变化多端的念头的。

第三点，是要足够勇敢地，和一些人生的真相短兵相接。孤独不仅是一个处境的描述语，更多的，是一个心理状态。我在台湾的时候认识一个女孩子,她比我活泼很多,乐意去一切集会,交有用没用的五湖四海的朋友,去有名的没名的大同小异的景点,但她照样孤独。因为她当时在异地恋,男朋友大概算个有为青年,每天陪她聊天的时间很少。少到什么程度呢?就是我这种刻薄的女青年一看他们的聊天记录,就惊讶男生回复简练成这样,你为什么不当他是被绑匪撕票了?现在是绑匪在跟你聊天,他们想问你要赎金,所以假装那混蛋还活着。

她一个人在悲伤里沉浸了很久,然后有天问我,是不是异地恋很难成啊。

我说恩,想了想补充句,不过恋爱嘛,一般都很难成的。

她说,其实承诺这些都会降温的对吗?其实世界上压根没有感同身受这回事是吗?可能,他是真的不关心我。可能,以后再也不会有人,像爸妈那样关心我对吗?

我想起我外公去世的消息传过来的时候,我在垦丁,跟几个女生结伴去的。临时回台北不现实,可要是垂眉丧眼地待上几天,就扫了大家的兴。所以我没跟任何人讲,那天晚上,一个人走了半小时路,去海边坐了很久,开了一听啤酒,喝完,回去继续嘻嘻哈哈讨论孙芸芸娘家是不是败落了。

那一刻我想,孤独就是"你没有那么多话想要对人讲,你也知道,没有那么多人着急着想听"。我一直都觉得,生活的真相就像个大峡谷,有人只顾流连上面的景色,肤浅,但是很开心,有人不小心瞥见了底下的深渊,连连退步,拍着胸脯说"骇死人了",但其实你看跟不看,它都在那里,不会因为你的掩耳盗铃,就多担待你几分。所以,早点知道那些丧气的道理,并没有什么不好的,降低对人群的期望值,反而是获得快乐和满足感的关键。

真的勇士,就是明明看到了深渊,却面色如常地比个 V 字,人生躲不过生老病死和孤独,但至少你可以坦然地讲,我也曾到此一游。

孤独者要懂得哄自己开心。有人鞍前马后逗你开心当然好,假若没有,那你欠矜贵,但也可以自爱。除了买买买之外,做一点无伤大雅的坏事,心安理得地浪费时间,吃高热量的芝士蛋糕,都能让你感觉"上帝在你脸颊亲了一下",我很主张失恋的人沉迷一段时间,不管是打游戏还是看晋江网文,都不要紧。在情绪濒临崩溃的时候,要是还想着"提升自己"、"丰富内涵",那简直就是反人性的,漫长大战中,得失不看一时,没必要揪着这么点可怜时间干正经事。

讲到最后还是会略微有点凄凉啦。人会感到孤独，要么是远离了同类太久，要么是把心，暂寄在了别人那。我一直都觉得，其实冬天才是最适合恋爱的季节，快乐轻浮的夏日恋人，他们的吻跟誓言，像冰镇汽水里浮动的气泡那样，一目了然，又全凭兴致发挥。而凛冬的爱人，则需要交换温度以相盟誓，因为一个人，是真的很难赤手空拳地度过冬天，不信你看，聊斋里的狐妖，都是在大冬天钻进书生被窝的。

李宗盛有句歌词我很喜欢，他形容一个带刺的女孩说，她习惯睁着双眼，和黑夜倔强无言相对。想一想，大多数人，也就是这样睁着双眼，跟孤独不声不响地对峙，再和解。

可能冬天本身就是个很抑郁的时节吧，但有的时候，还是希望有力量，能够用骄傲的花蕊，去摆脱那四季的支配。

他们统统都猜错

前两天我妈的同事说,他女儿高二了,文科实验班,历史不大好,想趁我在家过来聊聊。

为了我妈的人际关系着想,我愉快地同意了。我高中不是在家乡读的,大学又远了些,虽然我是根废柴,可是透过时间、空间这些曲面镜,在我爸妈的人际圈子里,也活成了一座丰碑。

小姑娘瘦、高,两颊长了痘,在常规性的"啊终于见到崇拜的学姐啦"、"啊哪有你才厉害呢"、"快传授给我减肥秘方吧"之后,我们站在门口,亲热地把对方像面团一样揉来揉去,满地都躺着耗尽的惊叹号。

进了房间,我一边用溢美之词填满尴尬的空当,一边搜刮着还剩多少历史知识可以拿出来吓唬人。她一脸空茫地望着我,我就更紧张,不知道该说什么才称得上"学姐风范"。

我东拉西扯,我滔滔不绝,我只是在乘凉时顺便捡起了自杀遂后的兔子,却站在了《守株待兔之一百零八要诀》的签售会现场。而她心不在焉地点头,目光在我脸上逡巡,我怀疑她早知道我高中数学徘徊在及格边缘的秘闻。

"那个,学姐,你们高中有人早恋吗?"

我被这跳跃性思维弄得只会说一个"啊?"。

"我们班有好几对啦,都瞒着大家。坐我前面的男生,我们经常上课下课聊天的,他居然也有人要啦,我还是最后一个才知道的。不过好像都是这样,越是亲近的,就瞒得越紧。你们那时候这种事情多吗?"

也才两年啊,怎么就是"你们那时候"了。

我用那种可以称之为"乐呵呵"的笑容回答这种疑问:"挺多的啊,挺好的啊,挺好的。"

她盯着我沉默了一会,又把话题跳跃回世界地理。

我说:"考地理可以带一瓶特仑苏啊,背面画着地图,还有北纬40度的纬线,还有洋流,简直就是作弊神器啊。"我慢吞吞地讲着微博段子,她买账地笑,偶尔我们对视,我们又再避开,我们都乐呵呵。

无论它被利用甚至滥用了多少遍,青春都是个奇妙的词汇。她坐在一个陌生人的房间里,话题兜兜转转,从五代十国绕到政治生活,她忍受着我冗长的说教、平庸的经验,她抱着全世界都不懂她的念头,想"那个常和我聊天的男生啊,他竟然恋爱了,而且不是和我"。

她爸妈在操心她的历史成绩,老师在替她估算自招志愿,他们向她许诺最好的未来,而她坐在一个陌生人的房间里,想为什么他不爱我。

这场景让我无端想起《笑傲江湖》里,令狐冲率众救人,战事一触即发,"只听到雪花落在树叶和丛草之上,发出轻柔异常的声音。令狐冲心中忽想:小师妹这时候不知在干什么。"

我猜,所谓喜欢,不过是一点不合时宜的飘渺心事,一点不由自主的隐秘念头。高考、考研、求职、升职,甚至求婚,大概都算是宏大叙事,而喜欢,大概就是南方的初雪,不作声的甚至不作数的念头。

我们又坐了一会儿,她说"文科班男生正常的好少啊",说"不过男生读数学就是有优势",说"男生都讨厌背单词",我低头连连说是,假装不知道,这里的男生,是单数人称。

她自始至终都不说破,半是少女的矜持,半是那个年纪独有的酷吧。就是要全世界都不懂我,就是要一个人酷酷地担当心事。我们当初都觉得自己的感受是独一无二的吧,都觉得自己的经历最特别,自己的情绪最复杂,我们想要一点认同却拒绝雷同,想说"我也看过这个"却有不一样的体会。没错,世界是个巨大的布景,可我的故事真是开天辟地头一回啊,那些起承转合、人物台词,无论和他人的多么相似,我们都仍然觉得孤单。对着空荡荡的观众席,说你们都不懂我。

有时候想起来真奇妙啊。十几岁的时候,说一句"喜欢"感觉像要死了,被同学传个八卦,就会跟明星一样,摇着手满脸嫌弃地讲"怎么可能啊",然后站在人群中央,偷眼看男主角的反应。那时我们的世界很小,梦里行遍了星辰大海,醒来却还是在政治课堂上,有好多时间可以拿来说话,所以我们说了好多的话。你喊我"笨蛋",你嘲笑我每次起身都是大幅度,害得你的桌子也地动山摇,你说我笑起来挺好看,然后在我咧嘴笑的时候果断别转头去:"当我没说。"我们把相干的不相干的一切都谈遍了,却唯独不提我们,两个人看起来天不怕地不怕,却在最想问出口的那句话面前,胆怯地止住了脚步。

后来我们聊天时"么么哒"和"爱你"滥用,那些亲昵的词汇,变得跟"你好,再见"那么平常,说什么都走笔不走心。嘴上说得黏腻,心底却兀自清醒,即便立下海誓山盟,也不担保明天醒来,我还爱你。

后来我们选择一个人的理由都大同小异,细数伴侣优点的时候，会不会想起，很多年前，你曾说不清道不明地爱过一个人，爱得私密，爱得轻微，像一小片水汽，无声地氤氲过。

我们走到阳台上，天很冷，她一开口，就有一小团雾气浮上来，然后再慢慢地散去。她问我大学里课多吗，有没有尝试过翘课去远行，问上海是不是有许多的展览，能认识许多不一样的人——虽然我平日里是个再懒散不过的，只梦想穿高跟鞋吃甜品的家伙，对着她清亮的眼睛，我还是点头说了"嗯"。

因为我太懂十几岁的少年人了。有那么多的想法，却还只有一种活法，有那么多的念头，却还是得把头埋进书本里，一句也不敢声张。

她终于悄悄问我说，学姐你失恋过吗？好起来需要很久吗？

我看着她纤瘦的身板，以及更纤瘦的哀愁，终于没吭声。莫名想起的，是《红楼梦》里宝玉要走，黛玉硬塞给他一盏玻璃绣球灯。宝玉不肯要，怕天黑路滑，摔了灯，黛玉抢白道："是灯值钱还是人值钱呢？"这是这对多少有些不食人间烟火的情侣，难得温存的相处，也不知道后来宝玉雪夜走江湖，一身蓑衣藏下人间疾苦的时候，会不会想起那个夜晚，曾经被人那么细致地爱过。

我们都曾爱得纤毫毕现,我们最终都活得一身草莽。

我绕开话题,继续乐呵呵地传授经验,一是懒得参与她千回百转的心思,二是,同志们,我都二十多了啊,我同学都在实习在兼职在考驾照在约土豪了,我还活得这么抒情,还对这种小清新都懒得拍的故事心有戚戚焉,我也活得太没出息了。

我乐呵呵地把她送走,在门口碰到我妈,她自以为很新潮地称呼人家"学霸",小姑娘摆着手说"哪有啊",一低头就把笑容给沉下去了。我猜她一定在想,我要快点长大,快点高考,快点离开这片地方这些人,他们都不懂我。

我转身往嘴里塞了两粒牛轧糖。

原来你也陪我去

一般来说,想说点什么前都得讲个故事,无论真假,都得扯上"最近我的一个朋友"。这篇没有。

小孩子时常面临的一个选择题是,爸爸和妈妈你喜欢哪个?说都喜欢的通常被夸奖为"伶俐",我一直不伶俐,我一贯的答案都是我妈。

其实我爸对我好太多了,我妈干过的负能量事件罄竹难书,我每学期开学都要发烧,她的解释是:"我从前以为你只是智商和普通同学有差异,原来体力也有。"我爸多宠我呀,他会笨拙地给我买衣服,带我吃饭特别舍得花钱,宠到对我每一任男朋友都看不惯。

可是我更喜欢我妈。没别的原因,我妈给我一种"战友"的感觉。

初中的时候,我人生跌到谷底,班主任闹离婚,觉得每一对窃窃私语的男女都有私情,英语老师怀孕,逼着我们反复抄写那几个固定词组——刚好,我两个枪口都撞上。我爸来我们学校接我,被老师们告了半个小时的状,回去路上,他一言不发,瞪着我说:你能不能别让我这么丢脸?

我拖拖拉拉地跟在后面,很想跟他说,我明明没有做错,你为什么不帮着我?

但我妈不一样。班里规定要穿校服,我不肯,非得在校裤里面套上自己的牛仔裤,在宽大的校服里搭出各种花样。其实回头想来,真觉得所谓的"自己的衣服",只是换一种丑法,可是我那时特别认真,非得趁老师不注意穿小脚裤,非得穿脖子后打结的短袖,非得活成不一样的烟火。

班主任告状到我妈那,她对此定性为"无心向学""旁骛太多"。

那天晚上,我在饭桌上愤怒地控诉她,我一定添油加醋了,我可能还动用了脏话,我爸几次想制止我,我妈都不让他说话。我没吃几口饭,她也没动筷子,我情绪激昂的时候,她也插嘴说:"是过分了啊。"

都过去那么久了,我打这段的时候,还是想哭。

其实也没什么,你知道青春期的时候,我们总是把自己当成孤胆英雄,和所有人作对,连逃个眼保健操,都能升华为"和全世界为敌"。我们也不知道这叛逆是为了什么，或许是荷尔蒙作祟，小说和电影一同怂恿，又有大胆的同学作为榜样，我们下意识地跟主流拧着来。我们就等着耗尽最后一颗子弹，然后牺牲，然后就可以名正言顺地在漆黑的电影院里"致青春"，或者深情追忆"同桌的你"。

扯远了。我是想说，因为我妈的缘故，我没能成为霍尔顿，我没能承受学校和家庭的联手重压，我没能处于孤立无援的境地。因为同盟军的及时赶到，我的枪膛里还有剩余，我的脾气还没耗尽，我大概永远不会长成郑微们。我的悲伤还没来得及逆流成河，就被更广阔的大海接纳。

那晚我妈听我抱怨了两个小时，她说的最多的是"有病啊"，末了她跟我说："哎呀，你也知道，她们自己过得不好，所以难免会撒气到你头上。我们以后做事情当心点，少给她们机会。"

我含着泪，点了点头。

我爸看我们俩的眼神里写了六个字：养不教，母之过。

后来我就真的规矩了好多，我不想再让爸爸丢脸，我也不想给我妈惹气。我不知道的是，我妈跟着我一道义愤填膺后，请老师们吃饭，也塞了红包。那是我毕业好久以后才从爸妈的谈话片段中拼凑起来的真相，也是高中收敛了许多的原因。

哦，其实还是有个由头的，吃晚饭时，旁桌女生一个劲地缠着男友，要跟他分享奇葩室友的故事，一边讲述还一边征求群众意见："你说，她是不是特别过分？"

男生显然特别诚恳，他低下头拌面，犹犹豫豫地回答："我哪知道呀，我又没见过她。"

"哎呀，我这不是在跟你讲嘛，难道你还不相信我？"

"这我也不能听你一面之词啊，而且你吧，这个肯定有情绪在里面，肯定不太客观。所以咱们还是别说了，专心吃饭吧。"

女生愣了一会儿，盯着专心拌面的男生，然后丢下一句："咱们别吃了，专心分手吧。"

我被汤汁呛到，一边努力咳得委婉些，一边目送女生远去，我想起的，是跟在爸爸身后，却不敢去攥他衣角的我。

——其实我都知道的。你不是坏人，你努力想做到公正，你有许多难言的苦衷，你甚至是为我好，可是当我情绪澎湃得像晃动后的可乐时，能不能别像盖子一样，死死地捂住我不让我哭，能不能就让我一口气喷撒，别管弄脏了衣袖。你就让我抱着你哭，就让我尽兴一会儿，别理后果。

我爸的解释是："你以后到了社会上，难道也随便说上司坏话，是他错怪了你？没有用的，你得学会谨言慎行。"

那个男生拦住她，手忙脚乱地道歉："哎呀，我真的不知道你们寝室情况啊，我怕我一插手，你们相处更恶劣。"

——我知道社会长什么样，再愚蠢，我也粗通了一点辗转腾挪、进退闪躲，对着普通朋友我话少了许多，心里再怎么"呵呵"，嘴上仍然是"哈哈"，可是在最亲近的人面前，仍然妄想能不问出路，不负责所有冲动，仍然像七岁时跺脚大哭嘶声尖叫掀翻桌子一样处理失意。

——我希望我说谁谁谁坏话时，你别中规中矩地补一句"其实他人不坏"，而是能够迅速地接上一句"我操"。

言情界里有一句著名的"我宠的，怎么了"，看到这种霸道总裁爱上我的桥段，总有失落感从喜感里渗出来。明明世间的感情有太多身不由己、锱铢必较，我们还是存着一点侥幸，希望男朋友瞎了眼睛说我们比校花好看，希望爸妈嫌邻居家斯坦福的儿子太呆，希望我们的喜怒哀乐都有人温柔地接住，希望不需阐明一二三四就能拥有支持，希望有人跟我站在同一条战壕里，哪怕已经是输得节节败退。

真的。对我这种道德水平低下的人，最动人的情话不过是，既然你讨厌她，那我也讨厌；最优美的事情是，你想去的前方，哪怕我曾跌得面目全非，我也给你准备好最耐穿的鞋子，画好最周详的地图，带好最足够的干粮，然后我陪你去。

这篇废话全无逻辑，我喜欢讲道理的人，可是在喜欢的人面前，我不想讲道理。

谢天谢地　我是阿姨

在我上高中的时候，阿姨还是个敏感词汇，高三自招时一波家长涌入，我同学去教导处敲章，被老师不幸眼拙认为学生家长，她回到班里愤愤许久，大家边安慰边暗笑边心安：原来不只我一个被当成阿姨。暑假在超市里排队付款，后面的小男孩嚷着要吃还未付款的零食，奶奶低声劝阻，我一时心软，说你们排到前面来吧，奶奶高兴地让他谢谢阿姨，小男孩尚未张口，我已反悔："不好意思我想起来有点急事，还是我在前面吧。"

直到今日，大多数的我们已彻底失去了姐姐这个身份，哪怕扎起刘海穿百褶裙摆出萧蔷女士的无辜表情，还是有些东西出卖了我们，没错，我不是姐姐，我是阿姨。

撇开岁月不回头的感慨，正视我们被称为姐姐——甚至是妹妹的年岁，我们真的比现在快乐吗？

初高中的时候写作文，受四十五度的辐射影响，特别热衷于感叹丢了单纯变得虚伪，那时候的我们啊，把客气当作虚伪，把体谅当成世故，把鲁莽当个性，把偏激当锋芒。人们总赞美我们的勇敢和叛逆，但另一面的现实却是，我们常常用隐身于群体的方式来追求个性，我们的勇气背后，往往是难堪的选择性沉默。

小学时的美术老师，上课时间回办公室打游戏，调皮的男孩子踢了同班一个弱智女孩子一脚，太阳穴附近全是血。没有人申诉也没有人义愤填膺，我们都端端正正地坐在位子上，看美术老师用一袋麦片结束了整个事件。公平和正义这种东西，在那个教室里全不存在，有的是对师道尊严的无条件服从。我忘了很多小学同学的名字，但我没法忘记那个女孩子的，我也没法忘记，那个坐在座位上平静地目睹全程的自己。我以为那只是个个案，后来发现，在很多人的童年记忆里，暴力、冷暴力、服从、私了，这样的词语层出不穷，都不干净。我的一个小学同学，在教室里发牢骚讲，班主任都不肯自己改作业，一天到晚要我们自己校对，那要她干吗呀？两天后，班主任神奇地知道了这句话，在晨会上满面怒容地讲："本来还想给你评三好学生，现在是没你的份了。"那时我们才几岁呀，可是告密、背叛、讨好、权威，这些词语的含义，就赤裸裸地展现给我们看了。

跟老友聊兵荒马乱的初中岁月,她说她最难忘的事是——因为连续几天英语默写不出,爸爸被叫到学校里,英语老师捧着茶杯跟其他老师谈笑,把她爸爸撂在一旁两个多小时,然后才随意地把听写本往他面前一丢。平时在单位里昂首挺胸的爸爸,像个小学生一样恭敬地听老师训斥,还要弯着腰讲"给您添麻烦了"。她一脸平静地说:我多希望那时我不是15岁而是18岁,那样我就有勇气,抢过茶杯往她脸上泼过去。

可是你以为长大了学会质疑和反抗就完了吗?

高中的时候,博学温柔且单身的男老师因病请假,我们的语文老师换成了一个来自东北的女老师。坦白地讲,她的观点的确称不上新颖,端着架子自称"老师我"的姿态也容易招致不满,同办公室的老师放出消息说她到校第一天就在办公室里织毛衣,她前去杭二应聘未果才到我们学校的小道也传得纷纷扬扬。几乎全班都动用了冷暴力对付她,在语文课上做别的科目的作业,自管自读小说,肆无忌惮地聊天听音乐,是的,我愿意承认,我也是其中的一个。最后的高潮是许多同学联名上书,要求调换老师,后来班主任调解开班会讨论她是不是一个好老师,再后来我们坐在位子上窃窃讨论,这一节课她会不会来。

够热血吧,够青春吧,够电影吧,当然这其中有一部分人是真的发自肺腑地反感她所代表的教学模式,可是又有多少人,可以问心无愧地讲,我是真的厌恶她,不是因为我想趁机少掉几节课几页作业,不是因为我江浙沪的优越感看不起东北教育那一套,不是因为我想站在意见领袖们的背后,一脸窃喜地看热闹。

让我第一个讲,我于心有愧。

若干年后我们回忆起来,当然觉得这是青春电影里英勇的一帧,可是我们对付的,不过是一个初来乍到毫无根基40余岁的女老师。我热爱我的母校,可我坚持认为,那场事件里的大多数人,和写在一进门的校训"科学民主求真",没有半毛钱关系。

如果我们足够坦率,就会发现,我们的十几岁真的不像国产电视剧里勾勒得那么美好,青春像身上的校服一样拖拖拉拉,束缚比高领毛衣更厚重,所谓的自由不过短短几里回家路,大多数人对待爱情不是跃跃欲试就是不屑一顾,没有足够的情商把喜欢的人变成愉快的相处。只是回忆自带美图秀秀功能,硬生生地把穿在你身上惨不忍睹的实物图,PS成了如梦如幻的模特效果。

天涯上曾有女人形容自己脸嫩——都说我像中学生,后来有楼主开了一个楼来放各地的中学生照片,其中的大多数都惨不忍睹,至此"像中学生"这个梗成了一个笑点。我们总是下意识地觉得,高中生都长得像奶茶妹,化了妆都会变成范爷,然后事实要残酷得多,我们的中学时代并不是甬道上茂密的香樟,我们的成年生活也不是勾心斗角《甄嬛传》——别再说自己学郭敬明戴虚假的笑脸面具了,人家挣出上亿资产了你有吗?

我的确丢了在作文中已经祭奠了一百遍的"直率",我就算再疲倦再烦躁,也客客气气地对待周遭的人。而你却还是把喜怒哀乐挂在脸上,自己的沮丧需要别人买单,碰到糟心的事就一整天挂着脸,打着最佳损友的旗号刻薄朋友,你信奉那句"我抽烟文身骂脏话但我是好姑娘",可是哪怕精心装单纯无辜也好过你袒露真实丑恶,一个人如果付出的努力更多,她便配拥有更好的。你也不是真性情,你只是智商低心胸窄,还相信那些编剧的鬼话,以为一无所有天真莽撞的女生,还真 TM 能碰上好男人。

别再做梦了,现行的考试体制,袁湘琴基本没法跟江直树一个学校。

时至今日,我终于老成了小孩子们口中的阿姨,可我一点都不觉得遗憾和难过。我可以光明正大地穿高跟鞋,我可以穿着膝盖以上的裙子在校园里行走，会打扮的女生不再被视为异端，我们不再热衷于抱团了，不再用孤立别人来获得群体的收纳。

我甚至觉得庆幸，我的记忆里有那么多脏兮兮的画面，可是我居然还能安然地面对阳光，见证过那么多不堪的眼睛，居然还能映照出温暖的光线。我有了自己的是非标准，不再为了一个期末奖项而放弃言论，不再对着肮脏的事情装聋作哑，不再是个只会抄写和背诵的好学生，我成了一个人。虽然为此要付出好些代价，我也不知道那些莫名其妙的勇气会留存多久，但至少在此刻，我有了讲话的权利，也有人愿意倾听，我有了改变的能力，最起码改变自己，这样已经足够幸运了。

我成了阿姨了，我努力地积攒爱和温暖、自由和勇气，以便有朝一日，送给一个有着柔软手指的小朋友。

浸在人间的台北

　　海明威说，巴黎是一席流动的盛宴，香港人有句话，讲人生是一场"捭面"，大致是派对的意思，用一个永不停歇的派对形容香港，也是恰当。相较之下，台北就没那么辉煌体面。去过的朋友反反复复地跟我推销台北夜市，说一路皆是美味小食，随便拎一家出来就是老字号，沿街还有价廉的衣服铺子，值得淘选。到台北第一晚，当地的朋友带我去逛师大夜市，我站在一堆卤味店和韩版服装店间，身侧是不断翻滚的烤鱿鱼的油锅，和同样沸腾的人群，我不知如何下脚，只想逃回宿舍去。

　　那是台北给我留下的第一印象，溽热的，躁动的，绵延不息得像是冗杂的夜市，也像台妹的脸，老老实实的风情后面，有时刻斑驳的危险。

因为课少,又怕晒,这一个月我没有去任何周边城市,甚至不怎么爱出门。我最喜欢黄昏时,趿着拖鞋漫无目的地走,街上有年轻母亲推着育婴车,一大一小的脸都笑嘻嘻的,有困倦的中年人提着一盒点心急匆匆地掠过我,有痴缠的情侣低头私语,有穿着暗红色花纹上衣的阿嬷甩着手往回赶,和傍晚6点钟的上海街头不同,行人走得或快或慢,却都不是为了什么大事。没有人通过手机决定一桩大生意,也没有人气急败坏地比划手势,他们活得特别细碎,格局小而稳定,仿佛情侣一路私语就能抵达白头,下班者的家门口必然有一盏亮起的灯。

我们大约可以称之为烟火气,台北是一个烟火气浓郁的城市。我仔细数过,街头最密集的是四种店面:餐厅、面包店、药妆店、眼镜店。没什么轰隆隆的重工业,也就没有了争GDP的野心,台北人自嘲为"亚洲四小龙之末",半是惭愧半是愉悦地接下了"经济停板,民生潦倒"的形容。是,国中生都知道台湾经济困顿,还会主动拿大陆做对比,可是他们继而又一脸坦荡地说:"那又有什么关系呢?常去的冰店、打网球的场地、买卤味的老店,总归一直都去得起啊。"这话要是放在一个冠冕堂皇的场合讲,你固然可以批评他短视,可当我置身排了长队的奶茶店,手里拎着一碗热气腾腾的阿宗面线,被人间食色团团围住，就只能挤出个笑容，半是宽宥他的无谓，半是解脱自己的困窘。

台北连房子都是烟火气的。和上海外观精致，摇曳着租界时代风情的老房子不同，台北的老房子就是枯燥的老，他们大多建筑于七八十年代，既和日式搭不上关系，又缺乏现代感。可台北人为这平淡无奇的老找到了骄傲的注脚："我们的房子都是自己的，政府没权利拆，所以就这么留下来了。"走过台北的居民区，不会像老上海的弄堂一样，法式圆润的房顶下晒着衣领处磨得薄薄的棉毛衫，它们大多灰扑扑的，它们的沉默不含任何心事的成分。你眺望台北人家的窗口，不会联想到窗帘背后有什么旖旎故事或香粉传奇，你知道那层帘子背后，是一户三代同堂在品评阿嬷的手艺，是爸爸在考问姐姐今天的功课，或者是妈妈在收拾碗筷时不经意瞥两眼新闻——连胜文在花市拜票，他们"啧啧"两声，轻轻地丢下一句"靠爸党"。

来台湾之前，我看过很多年的"海峡两岸"节目，在我的印象里，台湾政治闹哄哄一如夜市，蓝绿两营攻讦不断，今天骂这个贪腐，明天指责那方召妓，恨不得爬到议会桌子上去。可真正到了台北，街头固然全是议员的宣传海报，校园里也有人举起"支援香港"的牌子，但大家却表现出了对政治一致的淡漠。你问他们对连胜文印象如何，他们连连摇头，说一个在美国待那么久的人，怎么可能真正读懂台北，可对于医生出身的柯文哲，他们也不抱太大希望，"太暴躁了，脾气很差"，他们这么说，语气平淡得像是在讲楼上那个喜欢摔花瓶的外科医生。相比布满谎言的政坛，他们更乐意注视自己的小日子——哪一家百货在搞周年庆，罗斯福路三段有间店的桂圆面包做得最好，就连支持香港，用的也是饮食男女的模式——台大校园的咖啡店贴了告示，每一桌香港客人送一杯红茶。

他们把全副力气都拥在了经营生活上，所以他们的服装店密密麻麻开满了小巷，他们心甘情愿地为一杯陈三鼎奶茶排一个小时的队，他们的咖啡厅永远坐满了人，服务生小心翼翼地问，这一顿合您胃口吗？

受公知们影响，台湾人友好、礼貌、有教养的形象深入人心，我初到台湾那天问路，就有人载我去目的地，一路还指点哪家水煎包味最好。街口处不时炸响机车的声音，却在红灯时齐齐停下，让步行人，我捧着一大袋日用品，一路稀里糊涂往外掉时，会有50多岁的阿嬷帮忙捡起来，还体贴地教我如何打结。

但是，作为一个在社会主义红旗下长成的少女，我没有轻易地被这种"好"俘虏。有时我觉得,这种友好很像一层薄纱，覆盖在这个城市上，温情是温情，却也闷气，我甚至促狭地想，这种"好"，和我们争创文明城市一样，未必不是一种表演。从一波波陆客的反应里，台北人大概也琢磨出了他们的优势——高素质，于是他们变本加厉地展现这种高素质，电梯上齐齐靠右，等捷运时自觉地排队，哪怕挤挤攘攘，也没人会去坐"博爱座"。他们就像是一本教科书，一板一眼地示范给大陆人看什么叫"素质"，但，谁会对一本教科书充满感情呢？

真正让我对台北生出亲切感的，倒是一次不怎么愉快的经历。我去邮局寄东西，一不小心碰翻了要寄的凤梨酥盒子，那天我不方便弯腰，只能愣在原地，隔着玻璃和一脸别扭的工作人员面面相觑。

"你不捡吗？"

"我弯不下腰，能不能麻烦你捡一下？"

她的嘴角迅速地往下撇了一记，然后绕出来。我也慢慢地蹲下身，陪她一同捡。

捡得差不多的时候，我们几乎是同时说了一声"谢谢"，也是同步脱口而出了"不会"。我们两个人脸都是板着的，从我说要寄往大陆起，她就没有过好颜色，我于是也赌气般地回敬她一张讨债脸。但是，就在我们互相用礼貌用语道谢又攻讦的那一刻,我觉得,我真的要发自肺腑地爱上台北了。它有点势利又有点专横,有点啰嗦又有点落伍,它习惯用客气的言辞包裹情绪,也热衷用平和的口吻荡平激烈,它像一个破落大户的家长,知道好日子是一去不回头了,能留给子孙的只有书香门第的修养和自矜,于是更加做足了姿态,更加教导小辈要遇事和气,不与人争意气。

这么一想,可能会更觉得台北人可爱,在LAMER专柜,我碰到几个大陆女游客,在听到BA的报价后,她们纷纷深吸一口气:"哎哟,这么便宜,吓死人了。"BA一边更殷勤地招呼她们,一边两眼一翻,向上嘘了口气,我在一旁憋笑,简直能想象她们转身一走,BA激烈地向其他柜员控诉大陆人暴发户的场景。就连在上海日式企业工作的台北人,一回到潮湿的故乡,一边含蓄地自夸薪水,一边仍然有模有样地跟我抱怨广场舞大妈,我睁圆眼睛说"是哦",并不想揭穿他,那一带的上海,都没什么居民区,哪来彻夜的"小苹果"?

但台北仍然是憨态可掬的,是适合居住的。随处可见的便利店里提供各式服务,从ATM机到晾衣架,一应俱全,深夜11点仍然有小贩在卖割包,高热量的食物却给人最踏实的慰藉,走在偏僻的巷子里,会有警察蹿出来劝你不要走远,甚至主动送你回闹市区。更重要的是,这是我再一次尝试独居,我再一次拎着牛奶纸巾羊角面包站在了街头，再一次在窗台上养起了多肉植物，再一次用一小杯葡萄酒哄自己入睡，再一次让心浮气躁的音乐充斥房间，再一次和自己的悲喜短兵相接，再一次生涩紧张地面对难以讨好的自己，我迷恋这种状态，一如我迷恋从窗口望出去的拐弯处。

——没什么茂盛的绿色，柏油马路固执地裸露着，像是不设防的台北的心脏。

另一侧山川湖海

二战后的美国人,把日本的民族性归纳为"菊与刀",我想要是有人试图归纳中华民族的话,不论褒贬,总归绕不开"吃"的。我们潜意识里,把吃当成了头等大事,忙的最高境界是"都没空呷饭"——周公吐哺,天下归心。民间红白喜事、婚丧嫁娶,敲锣打鼓一阵子后,还是要落实到流水筵席上。放到历史上看,无限死循环的农民起义,其初衷都是为了填饱肚子,是温饱解决后,才想出了更仗义更高蹈的口号。中国人很有趣,喜欢在恢弘的千钧一发的叙事中,安插一些食物的戏份,远一点的,像落魄的赵匡胤靠又硬又干的隔夜烧饼和羊肉汤,发明了泡馍,朱元璋漫长的和尚生涯里,撞见了一碗翡翠白玉汤;近点说,慈禧溃逃到西安,却成全了沿路的饺子铺、肉夹馍店,直至今日,店家仍然拿着老佛爷的名头招摇;再往近里讲,几年前的那场庭审，除了让人一窥高官家庭重重内幕后的日常一角，唏嘘夫妻暮年对峙的裂帛痛感外，还勾起了无数人的好奇心——那个火腿，究竟是什么出产地什么牌子？

所以台湾小吃虽多，却总觉得少了点滋味，思来想去，大概是因为没有纷繁到拖沓的历史来为它们做铺垫。回家那晚，一桌人吃饭，我半年未见韭菜炒蛋黄桂花糖醋小排，几次立起身来，频频夹菜，正吃到兴头上，亲戚问我："好吃吧？在外面，是不是特别想念妈妈的手艺家常的味道？"

只要点个头就能蒙混过关的问题，我偏偏搁下筷子，顽固地摇头："不不不，挺想家的，但不想我妈做的菜。"

在吃的问题上，我难得地较真，好吃就是好吃，不好吃就是不好吃，不能靠"妈妈""家"这种字眼骗同情分。没有什么技术的人才会以情动人，而我妈，一个浑身上下各项指标过硬的女人，也不屑于用温情做软广。

大学里很多同学都会介绍说，自家的菜属于什么菜系，理论上说，我们家是很典型的江浙菜，但江南人家清粥小菜妙至巅毫的时刻，我几乎从未体会，直到后来，我瞥到一个词，才顺利地帮我家菜谱认祖归了宗，它叫作，快手菜。

如果你也有一个可以理直气壮喊哎哟下班了累死了的妈妈，你就一定见识过，傍晚 6 点兵荒马乱的厨房。择了一半的芹菜摊在案板上，活虾被闷在黑色袋子里，时不时动两下，电饭煲里除了米饭，还有一碗蛤蜊蒸蛋，热锅上噼里啪啦地炸响的，是酸辣土豆丝，我妈边烧菜边收拾，右手拿着铲子，左脚踩着抹布，低头那两下工夫，就把溅到地板上的油渍擦去了。难吃归难吃，童年的我还是无数次拿着一包薯片，无限期待地守在厨房门口，也无数次被我妈差遣——"去帮我切两根葱好伐""水水水""倪一宁你能不能不要吃零食了，待会饭嘛不要吃，你健康一点好不好啦"。

好的呀，那你菜烧得好一点啊。我捏着空空的薯片袋子，对着她的背影扁了扁嘴。

其实我们尝试过很多改良方案的。有一两年，是请了个阿姨在家烧菜，但我们经不住她重油重盐的攻势，每晚准时闹肚子。奶奶偶尔来小住，会炖了红烧肉烤了玉米在家等，但花样换来换去，都是爸爸爱吃的菜式。《围城》里孙柔嘉和方鸿渐结了婚，跟着她来的老佣人，专挑小姐爱吃的烧，连煎了排骨，也只肯给方鸿渐一块，其余都要留给她。亲疏是那么一目了然的事，你怎么假装公允，那些偏爱都像粘在牙齿上的奶糖，一张嘴就能看得到。再后来，我建议集体订外卖，被我妈迅速否决，她就像晚清朝廷一样，既拒绝外援，也不肯改革，既想捍卫围着桌子吃热菜的传统，又无力支撑时局。幸好后来有了超市，代客杀鸡宰鱼不说，买上一截山药两只春笋，都能剥好皮递过来，白净净赤条条，拿在手里，简直有锦衾裹得佳人来的皇上心情。我妈不擅挑菜，于是捡漏，最喜欢拿了别人挑好却临时不要的菜，还说哎呀你看人家眼光就是好。

碰上长假回家时，我也乐意下厨房。跟我妈开辟鸿蒙的气势不同，我谨遵食谱教诲，连放多少面粉，都要放到小托盘上称一称。但我做菜的次数仍然屈指可数，一则耗时太长，效率太低，我爸已经饿到满屋子找腰果花生趁酒，我还在斟酌要不要再加勺糖。我妈做菜有兵家气，锅碗瓢盆在她手下都不自觉地铿锵起来，我刚好相反，磨磨蹭蹭，商女不知亡国恨，隔江犹问百度，牛肉需浸红酒。二则我每次都会被刀背磕到，被烤箱烫到，我爸看着端出来的蛋挞，和我哭哭啼啼展示的小小疤痕，常有吃人血馒头之感。况且，我一烧完就要变换角度拍照，他们俩吃的时候，就看我窝在椅子上，专心致志地修图，修完发了朋友圈，还要耐心等待朋友们的点赞，年华似水，经不起我几番扑腾。收拾厨房残局时，也会心生戚戚然，我文能做PPT武能烧菜，再这么多才多艺下去，就不得不促人深思，还嫁不出去，只能是脸有问题。

在台湾半年，有时碰到咬一口就能有一汪油的鸡排，我也会想起我妈的拿手菜。她擅做茄子，去皮，爆炒，拌肉丝，多糖多醋少许盐，嚼来软糯可口，最适宜下饭。茄子去皮后滋味更好，但茄子皮本身是防癌的，于是我妈时常在味道和健康之间摇摆，每次去完皮，都会很郑重地说，其实这个做法不好的，营养流失掉了——她煎黄鱼、爆炒鱿鱼时也这么说。平日干脆利落惯了的妈妈，很少有这样踟蹰的、近乎迷信的时刻，就像她执拗地在微信上发我养生小常识，在朋友圈分享按摩哪几个穴位可以延年益寿一样。据说这个习惯，可以排入"父母最让你难以忍受的事"榜单的前三名，但说到底，人都是难以忍受的，除非你爱他们。

这次回来，厨房里仍然兵荒马乱，不时响起"水水水""给我递蚕豆过来""哎呀你不要挡着我呀待会儿焦掉了怎么办"，不像做菜，倒像修长城，分秒必争，众志成城。她看到我手里托着个车厘子的盘子，又蹙起眉头："倪一宁你一直这样的，正餐嘛不吃，零食嘛不停。"

我嬉皮笑脸地抱住她："我开开胃呀，等你的响油鳝丝。"

是在脸贴到她的羊绒衫的瞬间，我突然意识到，无声无息地，她也妥协了。机场里有很多励志书籍，有精明干练如杨澜的成功典范，在指点深陷厨房和办公室迷津的女性，如何平衡事业和家庭。那些都是昭彰的道理，而人生太过混沌，你自己都辨不出哪一刻，你心底的天平倾向了哪一头。我妈现在做菜手艺越来越精湛了,饭桌上常提的是股票和折扣,很少再说单位里的人事变动,她穿暖色调的大衣,而我小时候,印象中的妈妈,是衣柜里一色黑白灰职业装的人。

不进则退,她选择了退守厨房。

万青有句著名的歌词,问"是谁来自山川湖海,却囿于昼夜、厨房与爱",说到底,志短只因情长,能把人困在厨房的,从来也只是爱。童年记忆里的妈妈,频繁出差,莫名其妙地走了大半个中国,导致我小学时学唱鲁冰花,唱到"妈妈的心肝在天涯"时,共鸣到落泪。后来我妈的山川湖海,成了宁波新寄来的带鱼、山上刚挖到的竹笋,哦,还有我的行踪。她成了上班时关心创业板走势,下班后替我熬乌骨鸡汤的人,看着她熟稔地捏起锅盖的侧影,我也觉得没必要再细问,提前回家做饭等我们的时候,心底会不会有一点悒惶。

要怎么问呢。所有的妈妈们,好像都不擅长邀功,不擅长自我标榜为家庭牺牲,她们寂寞又专注地打理厨房,烤出一笼又一笼喷香的面包,目送你去更邈远的山川湖海。

亲爱的阻力

自从我开始在公众号上发专栏后,我妈的朋友圈除了养生六忌和女人就该这样骄傲地活之外,又多了一个分享内容。但我私心觉得,她对我写作这事并不认同,有一次她截屏给我看那些回复里客气的赞美,顺便"啧啧啧"地感叹:"看到了吗?都夸你是才女,听起来简直比红颜还薄命。"

我被她气得都挑不出表情来回击。

尤其是她去电影院第二排,仰着脖子近距离观赏了萧红的悲剧命运后,就更加对我的未来忧心忡忡。她才不管什么"来就来到人生喧哗交响的洪流"呢,对她来说,黄金时代就是一回到家玄关处洒落的温暖光线,逛淘宝时咬咬牙就能代购的FERRAGAMO鞋子,她刚煲好的红烧肉一出锅我就喊饿,爸爸出差回来,她一边埋怨"哎哟你一个男的真的不会挑东西"

一边接过护肤品。萧红怕人生太短故事太长,而我妈,唯恐我交付太多赢得太少。

所以我时常得给她摆事实讲道理:像我那么爱慕虚荣的女人,跨出门前都要反复掂量,不会动辄倾听内心呼唤一去不回头的。况且,才华需要横溢到一定程度,才能堵住人生的瓶颈,我这点琐屑的才华,也就只够做蘸寿司的芥末,骗取一点眼泪,却不损它的原味。

这就是我们最近对话的循环模式,总要我赌咒发誓在文艺界必然混不出头,我妈才会放心地以"在台湾好好玩,多逛逛,不要老闷在宿舍写东西,千万别省钱"作结。

每次我头疼地挂断电话后,她仍在那端唠唠叨叨地心疼。

可能这就是妈妈。我猜我就算哪天写出鸿篇巨制问鼎"诺贝尔奖",她也只会关切地问:"你颁奖那天穿什么去啊?哎哟,这条裙子太短了呀你能不能穿得庄重点?"

想想都头疼。

后来读《诫子书》,抱着受教的心态去,却意外地在那些力透纸背的字里行间,嗑摸到了我妈熟悉的口吻。中国人太擅长撒谎了,说"惟将终夜长开眼,报答平生未展眉"的,转身又在蜀地邂逅了名妓;说"引刀成一快,不负少年头"的,后来却急于砍热血青年的头,不管是爱国还是爱情,常是以高调的剖白开场,以低落的姿态终结。人生就像一场大冒险,充满了迫不得已的英雄气概,穿插了夸夸其谈的儿女情长,大概只有死前的遗言,给子孙的训诫,才是几句寥寥的真心话。

譬如嵇康,在著名的《与山巨源绝交书》中,他声称要"非汤武而薄周礼,越名教而法自然",宁愿打铁而不为官,呼啸山林而不入仕,孤介至此,难怪会被司马政权处死。然而翻阅嵇康留下来的《家诫》,讲的都是什么长官处不可常去,亦不可住宿,官长送客出来时,你不要在后面,有人争论时,你可立刻走开,别人要你饮酒,即使不愿饮也不要坚决地推辞,必须和和气气地拿着杯子。这哪是一代名士留下的风流文章,分明是官场指南,而他的儿子嵇绍,果然成了一个为皇帝忠诚保驾的驯臣。类似的状况也发生在苏东坡身上,这个宋朝最睿智的头脑,却写下这样的诗句:惟愿孩儿愚且鲁,无灾无难到公卿。近代鲁迅做着看似风光的文学家,却嘱咐海婴干点什么都好,不要做文学家。

我固然相信,嵇康对司马政权的厌恶是真诚的,也相信在宦海沉浮半生的苏轼足够豁达,然而,那些智慧和通透,最终都让位给了最原始的保护欲——他们愿意以一己肉身撞击嶙峋现实,却不愿子女受一点皮肉苦,他们自己选择了用苦难来锻造伟大，却在那命运的锤子重重落下前，率先把孩子推开了。

——好像再伟大的人物，在子女面前，都撇不掉那点私心。再清高的人，在谈及爱的时候，都免不了俗气起来。

所以我时常想，或许人都是在成为父母后，才骤然学会了权衡利弊、明哲保身这一套市井气十足的生存法则的吧。小学时，家乡要评百强卫生市，要求我们全体停课，背诵"小学生卫生守则"和"文明市民守则"。同时，学校为了迎接上级检查，要我们每人带一块板刷和半包洗衣粉，每天下午都蹲在地上，用力地刷去地板上的陈年旧渍。我记得分明，上午我们就关在教室里背那些毫无逻辑的做得到却默不出的条例，班主任堵在门口，谁背完了今天的量，谁就可以出去放风。下午我们把桌椅挪在一边，热火朝天地撅着肥屁股刷地板，有人的袖管脏了，老师看了看说，不要紧的，回去让你妈妈洗。

我记性好，常是第一个背出的，到了走廊上，我趴在窗口看一屋子念念有词的同伴，又骄傲，又寂寥。人一闲就容易出岔子，有天我独自坐在石凳上，因为无聊，把那两本薄薄的小册子捏得变形，我对着空气大声抱怨："背这种东西真是浪费时间。老师也是闲得慌，干吗不放我们出来玩？"

这抱怨被我们隔壁班的女老师听到了，也顺理成章地传到了班主任耳朵里，我从先进分子，跌落成了思想错误的问题学生,那天她吩咐全班同学,你们都别干了,今天的卫生,全部由她来做。我猜她未必就想这么罚我,只是我那天梗着脖子,始终不肯认错,才把她逼得把一时的恐吓落到了实处。

我妈来接我时,看到我满身都是肥皂泡,袖管脏兮兮的,脸上还滑稽地带着点灰,明明狼狈得像叛军,表情倒是骄傲又固执得像个将军。

那事后来圆满解决了,我妈到底怎么解决的,我没问过。从前是懒得问记不起去问,现在是不敢问。

好像我所有飞扬到不可一世的回忆后面,都有我妈替我扫掉那激起的灰尘。这也是所有父母和子女的关系吧——总是一方顾着向前冲锋陷阵,一方只担心粮草是否充足;一方为所有家国情怀的演讲热泪盈眶,一方只想别时局不稳通货膨胀;一方为着崇高和优美拔足狂奔,另一方却在后面高喊:你慢点走,小心摔着,当心前面有坑。

后来发现,其实你要走的路,父母也未必去过。成年后的我们热衷于收集奇闻异事,喜欢到处游荡,而父母好像一生都在做一份工,大半辈子都待在一个小城。我有许多自身能力非常卓越的朋友,他们都和家人少有沟通,也抗拒回家,问起为什么,他们就撇撇嘴说:"哎呀跟他们说我在干吗也不会懂,难道我跟他解释高分子实验?接下来到底是出国还是跟着导师继续干,也只能我自己做抉择,他们能给我什么建议呀。就那么几句话,多吃点,别省钱,跟周围人和睦相处,我小学出门上学前,他们就念叨这个,这么多年没长进过。"

我当然体谅他的处境,时间太紧缺了,要用来讨好老板用来巴结上司用来跟同事打成一片,哪有空隔着千里万里,去应和那些老套的陈腐的关心。

"家长跟家长是不一样的,有些父母呢,能够托孩子一把,给他们指路,像我爸妈那种,只知道讲大道理其实对我现状一无所知的,他们的关心其实就是负累。"

这话听起来残酷,不过是把太多人匆忙撂下的电话、随便回复的短信,直白地说了出来。

"我每天要应付的环境很复杂啊,他们呢,一辈子就在事业单位里炖老了。他们不懂的,还成天以为我是小孩子,要我多吃蔬菜水果,争取12点前睡。"

我看着他的头疼表情,突然想起功夫熊猫里的那个鸭爸爸,他对着比他体形大上二十倍的背影说,他为什么要去拯救中原呢,他只是个小熊猫啊。

大概——我说大概,父母真的是通往伟大路途上的阻力吧。那种澎湃的保护欲,那种趋利避害的天性,会让他们避开所有崇高理想的穷追猛打，所有正义事业的嘹亮召唤，只想把子女送到芬芳平坦的彼岸。他们很难理解你的梦想或者追求，却紧张于你的饭桌上是否有固定的三菜一汤，他们不能为你指明最便捷的道路，却只会给你带上一盒多余的创可贴，他们无法给你提供实际的建议，却会用一堆落伍的大道理来束缚你的拳脚。

他们甚至对你所描绘的辉煌前程无所兴趣，对别人家的孩子，他们会夸他是"下一个莫扎特"，对你，却只希望能够考出证书提升逼格。他们也知道这世界需要伟大的人物，却舍不得，把自己的孩子送出去做一个伟大的标本。

所以我特别理解，那些在伟大的路上走得特别远的人，亲情都相对淡薄——那种拖拖拉拉，市井气十足的爱，确实是人生的阻力，是逼得你放缓脚步频频回顾的存在，是脚踝处的绳索，是不好意思主动解开却又低声抱怨的存在。

大多数人，或许只有在脚踝处的隐秘绳索倏忽消失时，才会感觉到一点无所适从——你终于自由了，再没有人以爱的名义捆绑你、约束你，你的目的地仍在远处，从此你不必扭头回看，因为故乡只剩房屋，不再亮灯。

拆掉秒表的人

跟爸爸打电话商量订几号机票回去，我雀跃到赤脚站在瓷砖上，却一点不觉得冷，正讲到兴头上，他突然打断我：你妈找我，待会儿再说。

我说好好好，翻日历时几乎手抖，想敲开楼道里每一扇门，放声宣布："我，要回家了！"但等了一分钟、五分钟、十分钟，我爸仍然没回拨过来，一刻钟后，我认命地套上毛茸茸的厚袜子，一小时后，他总算给了我一个简洁的收梢：我回去了，明天再定你回来的事。

我窝在泛潮的台北，不甘心地嘟囔："有什么急事啊？你们讲那么久。"

"没什么要紧的，她刚跟我说初中时，你外公接她放学的事情。"

嘱咐我保暖多吃点后，他就要回家，买一小块攒奶油蛋糕，带点蔬菜回家，听我妈颠三倒四地讲四十年前的事。回忆在她的口中，就像一张被眼泪晕开的地图，标志性建筑都年久失修，爸爸就要踩着这样一张老旧的地图，回到她简陋却温馨的记忆的端点。

——距离外公去世那天，已经半个月了。

我有个室友，失过一场动地惊天的恋。分手后没日没夜地哭闹，像祥林嫂一样攥着无关路人的手，强迫人家一道描摹恋爱中的细枝末节。关键是，她一闹就是一个月，闹到我们每个人都对这场感情的来龙去脉倒背如流，闹到她一开口，我就想逃。

在一节必修课上，我把她作为一个案例来探讨，力证爱情就是庸人的避难所。我说她就靠那点廉价的悲伤，理直气壮地翘了半个月课，扰乱了我们所有人的作息，我在讲台上用称得上轻浮的口气说，失恋了不起啊，我分手第二天还去参加高三二模考呢，还发挥超常呢。

要是即将迈入 21 岁的我，能够和 19 岁的我对峙在那节课上，我估不准，会坐在台下幸灾乐祸，还是冲上去把她拖走：等你也栽了跟头，再逞牛×也不迟。

我还是很讨厌她的，一想到再过两个月，就能跟她再为窗帘什么时候拉开大灯什么时候关掉而吵不停嘴，都隐约有点兴奋——被台湾人民温良恭俭让了半年，终于可以跟人睚眦必报地吵一架了。可是我想，假使时间退回到2012年底，她闷在被窝里哭得上气不接下气的时候，我会愿意帮她带几次饭的，哪怕她就是不想上课呢，哪怕她就是毫无应对失恋的经验呢。那悲伤再物美价廉，毕竟是从心里那个被凿开的洞里，汩汩流淌出来的。

这世上有人懂分寸知进退，懂得节制的哀伤才是美的，才是被怜爱的，就像重病的李夫人，对着汉武帝执拗地背过身去，她不要他一时的话短情长，也不要短暂却实在的温情，她要变成一帧永不褪色的小像，被珍藏被怀念。她的克制赢得了回报——在他被猜忌心搅乱的晚年，众叛亲离的暮岁，他始终优待她不成器的哥哥，保全她贫贱的家族。可是也有人，被悲伤弄得措手不及，只能蹲在地上扯住行人的裤脚求救，她不懂人的同情心都有保质期限，或者说，这世上压根就没有感同身受这回事。不管出于善意还是爱意，那些耐心都只能给一阵子，快要耗尽的时候，你就要稳稳地立起身，说没事了。她是真没用，可是，毕竟人不是拿来用的啊。

中国人善用男女关系譬喻君臣，其实君臣关系又何尝不是其他感情的缩影。总有人强势地决定了关系的走向,也有人被动地接受了不安的安排——有人用一纸调令终结些什么,就有人在荒蛮边陲剖白着什么;有人不知餍足地甄选着什么,就有人悬梁刺股地争取些什么;有人意兴阑珊地割舍下什么,就有人屏气凝神地试图挽回点什么。孟浩然在王维办公室里聊天,偶遇唐玄宗,玄宗很客气地跟他寒暄说,为什么不出来做官呀?一心想出仕,拿隐居当了半辈子幌子的孟浩然,居然搞错了傲骄的场合,他别别扭扭地说:"不才明主弃。"这话彻底激怒了玄宗,他说"卿不求仕,而朕未尝弃卿,奈何诬我?"故事的结尾来得干脆利落——他把孟浩然放归襄阳,就像一方还在赌气不接电话,另一方已经在朋友圈发状态说"肯转身总有新故事值得盼望"。

　　人们从性甘微苦的历史片段中,摸索出了人际关系的奥妙——掌握好情绪的火候很重要,讲和的时机一到,就千万别再故作骄矜的姿态。要知道,对方的资源太丰富,拒绝任何过分的撒娇,他们只要呵呵一笑,就可以结束你所有的幻想。这个定律不止作用于两个毫无血缘的男女之间,有时血亲间,也是一样的。

　　朋友跟我说,小时候和父母赌气,回房间锁上了门,边哭边专心听门外动静。母亲用锅铲敲了敲门,说识相点,再不出来，菜都吃光倒掉了，一口都不会给你留的。她狠狠心，忍着馋没有认错。一小时后，她探头探脑地打开冰箱看，果然是空的，一口都没留，母亲沉着的声音在背后响起："我跟你讲过的，做人要会看脸色，给你台阶下的时候，千万别作天作地不肯下来。"

她把一只缺了口的碗丢进垃圾桶里，顺着那凛冽的声响得出结论："戏演到高潮就该收尾，别等观众打哈欠了才鞠躬退场。"早半小时叫谢幕，迟了那叫谢罪。

所以朋友顺遂地长成一个在所有关系里游刃有余的人，她像一个敬业的师爷，替我摆平了一宗宗因为气愤或者气氛判下的冤假错案。直到那天——她怔怔地看着不断振动的手机，贴了碎钻的长指甲掐进了我的肉手里，她说，我脑子里全是滴滴答答的倒计时声，怎么那么吵啊。

手机彻底平静的刹那，我想，就像一颗定时炸弹，她知道怎么拆除也知道何时该拆除，却还是任由它炸掉了。

"我不想奔波在战壕上拆炸弹了，我想拆掉秒表。"

我把手覆盖在她手背上，第一次发自肺腑地庆幸，我们家人都没出息，我爸浪费时间听我妈念叨，我妈跟我吵翻天，仍然把饭焖在锅里热着。

我们这一代的父母，都热衷于交流教育经验，很多次我都在小区喷泉旁，听到他们斩钉截铁地说："小孩子就是要饿几顿的，千万不能一时心软妥协，以后到了社会上，谁会一遍遍喊你吃饭啊。"我想我哪怕到了 30 岁、40 岁，都下不了这个狠心的，别人怎么糟蹋你的感情是一回事，我要给你的好，还是百分百的。我要你知道，你在外面怎么穷途末路，通往我的门，每一扇都是敞开的。

据说纠正语速过快的毛病的唯一方法是，把手机、手表摘下来放在桌上：没事，你慢慢说，我不赶时间。

而唯一能够把性格中的凌厉、不安抹平的，大概是把她攥紧的手指一根根掰开，凝视着手心鲜明的红印子讲：

没事，你慢慢说，我不走。

你好，那谁

我跟那谁第一次说话，是在导师的办公室里。我们专业是前期导师制，几个人凑个小组，派个导师，隔周汇报下读书心得，交换下人生感悟。当时我们刚进校，还郑重其事地早到了，几个女生端端正正地坐在电脑椅上，溽热的夏天，真皮的坐垫，我只能用不停地欠身抚平裙子，来缓解不适感。

大家假装随便地聊天，聊家乡特产聊高中母校聊这个周末怎么打发，在对方开口的前一刻，往往已经预备好了"哦"的口型。当时我们都特别听爸妈的，听说大学里人际关系特别重要，尽量跟谁都搞好关系，万一他以后出息了呢。所以尽管我们内心都百无聊赖，表情却是变化多端，就像蹭星巴克的网络看超清视频，动辄卡壳。

当然我没有碰到这个问题，因为没有人跟我搭话。

我捋了四五次裙子后，终于预备好情绪，对我旁边的女生说："上海夏天真的好闷热呀。"

但是英国人的搭讪手法显然对亚热带地区不管用，那女生瞥了我一眼，继续跟旁人介绍家乡早餐的做法。

我很尴尬，但是又有点解脱。我暗暗嘘了一口气，想这下不怪我了。但我气嘘到一半，就有人把话接了过去："对啊，我们家那边9月份已经很凉快了。"

这就是我跟那谁第一次的交谈。

我们断断续续说了一些，介绍了家乡的风俗和小吃，也盛情邀请她过来玩——当然了，我笃定了她不会来。过了一会儿，导师就到了，话题就中止了。

导师是研究先秦文学的，他要我们谈谈既有的认识。上大学前谁跟先秦熟啊？我们就知道一堆佶屈聱牙的文章，一群争论不休到处被赶的士人，我看到有人偷偷用百度了，我看到有人向同伴求证："哎，《山海经》是秦国人写的吗？"

我心里也发慌，但我是资深的装×少女啊，我维持着随意的坐姿，脑子里拼命地把那些碎片化的知识，整合成能吓唬人的句子。

我是第一个讲的，我挑了《诗经》里冷僻的段落，扯了朱熹的注释，顺便分析了下前秦和后来儒家主导文化的差异，我仔细观察导师的每一个表情，在他最觉得兴味时住了嘴。我继续端出大咧咧的笑容："哎，我就是乱七八糟一说，给你们垫个底。"

虽然回头看，这表现刻意得很贱，可是我当时肯定很得意。不仅仅是得意于发挥，还是我精准地控制了时长，没有用力过猛。我们不都是这样吗，最渴望寥寥几句镇住局面，要不哪来那么多神回复。

但事实证明我输了，那天最让人印象深刻的，是那谁。这也不能怪我，她承包了百分之七十的发言，还不停地跟导师讨论，什么话她都能接，于是两个小时的会面，硬生生地拉扯成了三个多小时。所有人的耐心都被耗尽了，有人开始玩Temple run，我托着下巴凝视着她，脑子里在想，这是多爱表现啊，吃相多难看啊。

对于我们的不耐，那谁不是没有感觉的。讨论结束后，她悄悄把我拉到后面，问我："我是不是说得太久了？"

"还好吧，"我不想跟她滞留太久，刚进校就拉帮结派原本就是忌讳，更何况是跟她。

"其实我很崇拜你们的，你肯定高中就看了很多书吧，所以才懂那么多。我们那边老师就抓高考成绩，我都没看过什么课外书。我来了大学后，发现好多人都会乐器会画画，我都没有特长，其实挺自卑的。"

我被"课外书"和"特长"两个词搞得浑身不适，一心想溜，可是我们学院教学楼离宿舍实在太远了，我只能把话题继续下去："哈哈哈，你们能考进来的都是学霸呀。我这种自主招生的就是等着被虐的。"

"怎么会，你懂那么多，人又好看，性格又那么好，肯定很招人喜欢。"

"只有性格好是真的哈哈哈，你们争第一争惯了，我垫底垫惯了。"

"你别开我玩笑，来学校前，我们老师都告诉我了，小地方跟大城市不一样的，我在那边再厉害，到了这边还是要学很多东西。对了，你知道机房在哪吗？我想晚上去查点资料，在老师上课前预习一下。"

我忘了后来具体又说了什么，晚风把很多问题和答案都吹散了，但我记得自己的落荒而逃：对着她，我很难不流露出优越感，但我也实在讨厌，自己那副假装志在必得的轻松模样。我没法跟她讲出，我不是讨厌你，我只是讨厌面对你时的自己那么煽情而拗口的话，我只能哀叹为什么学校要造那么大啊那么大。

之后上课时，那谁的表现和导师讨论时如出一辙，我们面前摊着手机,她的桌子上,有各个版本的文学史,有会议笔记本,甚至还有参考书。你要是来参观我们上课,就能看到一排低着的脑袋间,有一个不断伸长脖子的、始终和老师保持热切的沟通的侧面。我不止一次地听见有人说,那谁累不累啊,我高三也没她那么勤勉。当老师抛出一个问题,下面一片缄默,当然我相信有人和我一样,暗地里组织着答案,期待寥寥几句镇住场面,可是我们谁也不会举手,谁也不会插话,我们都等着,那个小小的绣球滚到我们脚边。

但我们都想多了,那谁早就接过去了。看着她紧张得口吃,还不停地冒出新词汇,我们都互相会心一笑,脑子里闪过的念头也差不多——吃相难看。

你可能发现了,因为对那谁的排斥,我们一群陌生人,快要结成同盟军了。

那谁的一切努力,都能成为笑话——哎,你知道吗?那谁在寝室跳郑多燕,好好一个减肥操,被她扭得像康复中心的健身操;那谁一大早爬起来去湖边朗读英语,那个口音吓死人了,伦敦六环以外的吧;那谁居然听郑智化的《水手》,她是不是从80年代穿越过来的?

我尽量不掺和这些讨论,半是讨厌自己的优越感,半是觉得,从那谁身上找来的优越感,也太不够花了。当然,我也尽量避开那谁,毕竟跟她一块,哪怕是穿梭在第五大道上,也像走在田间的小路上。

但我们的关系还是骤然拉近了。

那天上课,她照旧坐第一排,我因为迟到,只能坐在她后侧。莫名其妙地,她说老师的讲法跟教辅书上的不一致,大家都哄然笑了,她很较真地要指给老师看,起身的时候,我刚好抬头,看到她肚子上裹着一圈保鲜膜。

我知道那是什么,减肥的时候,为了方便出汗多消耗热量,常有人把保鲜膜裹在身上。我也知道,旁人正常的做法,到了那谁身上,就是槽点。

我随手把她衣角往下拉了一记,那谁很快就明白过来,使劲地把衣服往下拽。她回头跟我说谢谢,我敏捷地摆手,靠,那么多人呢,怎么能搞出一副我们很熟的样子?

但那之后,双休日我一个人在寝室,她就会过来串门,这次带给我一个苹果,下次给我一盒饼干,这种既心酸又温情的场面,坦白讲,我很不喜欢。

大一结束后,我们就要军训了。我们学校的军训特别水,主要由三部分构成——领导慰问、文工团下连队,还有摄影组拍照片。凭借着一架佳能,我顺利地混进了营里的政工组,每天拍摄具有纪念性意义的时刻。

说得那么严肃,其实就是拍妹子。

我每天的行程是这样的,早上9点,趁阳光还不猛,女生的妆还没花,我逡巡在各个连队,挑出好看的女生。一般都是摆拍,偶尔也有美貌精湛到可以抓拍的,出于女性天然的嫉妒心理,我一般都会删掉。等到10点多,我就回到办公室,开起美图秀秀,虽然大神们对这种做法嗤之以鼻,可是我始终坚信,越是朴素的方法,就越是卓越。再说了,等发到官网上,没人在意微妙的色调巧妙的取景,大家能捕捉到的,就是液化后的脸和宽大T恤也藏不住的胸。

我就这样晃荡了半个月,虽然技术被业内一致差评,群众基础倒是很好。再过几天,军训就该结束了,我的同学们也晒得挺均匀了,届时我们走在一起,我就像成功漂白后的巴西人荣归故里一样,想想还是蛮激动的。

就是在结束前三天,出事了。

和往常一样,我上传了照片,妹子站在柳树下,一手托帽檐一手叉腰。又红又专的姿势,配上又呆又萌的脸,和娘子军的风格一脉相承。上传后我大致浏览了下评价,看到几乎都是在求联系方式,就放心地出去吃饭了。

等我回来的时候,办公室乱成一锅粥了。一个要好的同学拉住我，说出事了，一个女生转发了这张照片，还发了一串长长的牢骚，说军训快要沦为选美大赛了，没人关心成果，没人认真训练，政工只知道背着相机拍美女，6点钟集合，有人5点爬起来贴假睫毛。同学小声跟我说，本来以为就是牢骚，可点进页面一看，已经被转发了一百多次了。

她指给我看电脑屏幕，我一下就愣住了。不是因为转发量已经到达200，而是那个伸张正义的人，就是那谁。

虽然摄影组同事们都看不起我的技术，一旦出了事，他们还是尽力维护我。他们愤愤说这原本就是政治任务，干吗把矛头指向摄影师。他们安慰我说，就是有人精力过剩，到处找存在感。

更刻薄的男生说，你别看她骂得起劲，我们要是愿意拍她，她肯定屁颠颠地转发。

我看着那谁的人人头像，一时也不知道该说啥，只能冲着他们笑，说没事啊，没事的。

我忘了这场风波最终是怎么平息的了。我没被领导骂，可是之后也没了到处抓拍的热情，至于那些转发的人，过了今天，该给妹子打分的照样打，该贴假睫毛的，也不会漏了一根。

第二天中午，我跟几个连队的男生吃饭，突然有人问我："哎，你是中文系的，那你跟那谁是一个班的吗？"

"是啊。"我夹了一筷子藕片。

"我靠,那女的太奇葩了,我们连之前跟你们连对歌,回去以后她就加了我们班好多人的微信。最奇葩的是,她跟我三个室友都搞暧昧,他们一起床,就能收到她统一发送的早安。"

有人替我接了话:"你是不是没收到才不痛快?"

他果断地挥挥手:"去死吧你,我们寝室现在骂人的专用语句就是,那谁喜欢你吧?"

大家都笑了,有人看向我,我知道他们在等我做一个盖棺定论,然后就可以结结实实地嘲笑这个妄想游刃于几个男人的女生了。

我却突然间说不出话来。

我能想象,当整个寝室都忙于收微信收礼物收花的时候,那谁也拿出钻研"五三"的劲,以为考场和情场一样,都是勤能补拙。大学里多的是刚跟男友道完晚安又跟别人约夜宵的女生,她们并不比那谁更高尚,只是手法更高明,大概人性里都有大包大揽的欲望,只是有人藏得巧妙些,而有人,吃相难看。

我知道在那个餐桌上,我怎么说都对,我说那谁也太饥渴了也行,我说哎呀你们别苛责小姑娘也能彰显大度,但我就是说不出话来。

很多事情开了个头,后来就能快速滑行了。听说那谁后来频繁地更换男友,也频繁地更换她淘宝气质浓郁的衣服,听说她坐过很多自行车的后座,终于也坐上了 Mini cooper,传说中的她渐渐从一个笑话成了一句简短的脏话。最后一次听闻她的消息,是从系主任那里,我去她那拿交换生申请表,她看着我一行行填下去,顺口说了句:"你们班那个谁啊,都快要被劝退了。"

我轻轻地"啊"了一声,系主任就接着感慨:"考进来时她分数很高的,哎,小地方来的,看到别人都吃香喝辣的,就把持不住了。"

我"嗯"了一声,把话接下去:"其实呢,想要好的轻松的生活也没有错,关键是没有把握好心态啦。等她毕业了有了稳定收入,也能过得不错啊,她就是太想看齐别人了,不过她转变太大,挺想不通的。"

我在系主任的唏嘘声中拿了表格走出去。替她掩好门的时候,我终于可以把假装不解的天真面孔卸下了。

有什么好想不通的。你知道你跟别人阶层不一样,环境不一样,命运不一样,可是你们的欲望却是一模一样的,你知道你应该好好规划人生道路,应该争创更高的 GPA 去更好的实习单位以后找一个经济适用的男人安居乐业,可是你内心却蠢蠢欲动，你想要一早醒来就有人说早安，想要端坐在港式茶餐厅里吃流沙包而不是食堂里的菜包子，你想要很多很多的钱，想要很多很多的爱，你知道你没有放纵的权利，但你却没有管束欲望的能力。

只是那谁以一辆 Mini cooper 作为奋斗的终点，而有人的目光更长远，欲望更深沉，当然，也更能管住自己的嘴，不会那么吃相难看。

我有什么好想不通的，谁都有不够光彩的欲望，谁心底都有一个声音，在问"凭什么啊"。

我只能庆幸，我还有假装不解的权利，我还可以继续戴着天真懵懂面孔，好像我真的无所企图、无所畏惧。

我只是突然想起，有天我跟那谁，经过 Darry-Ring 珠宝店，碰到有人求婚，玫瑰花铺张了一整片台阶，半跪的男人历数女生的种种优点，回顾八年感情的温馨片段。司仪很真切地感慨说，能把一段异地恋经营得那么好，你们真不容易。

那谁冷冷地说了句，她只是运气好。

第二天上课，大家都相互传递那谁可能休学的消息，每个人脸上都隐隐带着些兴奋，像是跟一场灾难划清了界限。我看着空荡荡的第一排，想象若干年后，会以怎样的形式和那谁重逢，可能她穿戴都比我讲究许多，可能她仍然回到了那个闭塞的县城，可能她已经同欲望讲和，吃相好看了很多。

不管怎么样，我希望那时候，我能够喊出她名字。